一带一路
人物传奇

周莲珊 主编

连珊 著

丝路奇侠

山西出版传媒集团 山西教育出版社

图书在版编目（CIP）数据

丝路奇侠／周莲珊著. —太原：山西教育出版社，
2018.9（2020.6 重印）
（"一带一路"人物传奇／周莲珊主编）
ISBN 978 - 7 - 5440 - 9747 - 5

Ⅰ. ①丝… Ⅱ. ①周… Ⅲ. ①长篇小说—中国—当代
Ⅳ. ①I247. 5

中国版本图书馆 CIP 数据核字（2017）第 315606 号

丝路奇侠
SILU QIXIA

出 版 人	雷俊林	
选题策划	李梦燕	
编辑统筹	朱 旭	
责任编辑	许亚星	李 飞
复　　审	李梦燕	
终　　审	杨 文	
装帧设计	陈 晓	
印装监制	蔡 洁	

出版发行 **山西出版传媒集团·山西教育出版社**
（太原市水西门街馒头巷 7 号　电话：0351 - 4729801　邮编：030002）
印　　装 阳谷毕升印务有限公司
开　　本 850×1168　1/32
印　　张 6.5
字　　数 122 千字
版　　次 2018 年 9 月第 1 版　2020 年 6 月第 4 次印刷
书　　号 ISBN 978 - 7 - 5440 - 9747 - 5
定　　价 19.00 元

如发现印、装质量问题，影响阅读，请与印刷厂联系调换。电话：0635 - 6173567。

《"一带一路"人物传奇》总序

周莲珊

"一带一路",指的是"丝绸之路经济带"和"21世纪海上丝绸之路"。2013年9月和10月,中共中央总书记、国家主席习近平在出访中亚和东南亚国家期间,先后提出共建"丝绸之路经济带"和"21世纪海上丝绸之路"的合作倡议,得到国际社会高度关注。

习近平同志"一带一路"倡议,旨在借用古代丝绸之路的历史符号,积极发展与沿线国家的伙伴关系,促进包括欧亚大陆在内的世界各国共同发展,构建一个互惠互利的利益、命运和责任共同体。

加强合作,建设更加美好的未来,意味着我们不仅要开拓思路,积极顺应世界发展的潮流,更应该向历史学习,吸收其中的营养,汲取经验和力量,为未来的发展注入新鲜活力。

2013年以来,中国图书市场上关于"一带一路"的图书选题就已层出不穷,总体看下来,大多都是学术研究型、理论型和史料型的图书。经过对图书市场关于"一带一路"选题持续一年多的调查分析,我们深深感到,有必要为我们的普通读者,尤其是广大的青少年读者，以及数百万的中小学老师和家长，策划、出版一套表现中华民族开拓"丝绸之路"这个伟大主题的、用文学的形式来诠释"一带一路"倡议思想精华的图书。

我们将目光聚焦在长篇小说这一领域。小说属于文学创作，可以把历史梳理得更透彻，把历史人物写得更生动，把历史故事讲述得更动听，把中国文学的语言美发挥得更淋漓尽致。这样，创作出来的作品，会更利于读者接受和理解，更利于我们传播"一带一路"倡议，激发读者更多的自豪感！我们的思路是这样的：以史为基，又不囿于历史，在史实的基础上，进行适度的文学创作，用优美的文字，结合环环相扣的动人的故事情节，塑造栩栩如生的人物形象，将在丝绸之路上做出过杰出贡献的人物，用长篇小说的形式表现出来，既普及相关历史知识，又增强可读性，给读者以文学的滋养。

思路清晰之后，经过与出版社的沟通，首先，我们从"陆上丝绸之路"和"海上丝绸之路"的相关历史人物中挖掘、筛选，确定了十位代表人物；其次，我们围绕着这十位代表人物，放眼国内作家，确定了十位中青年作家执笔，共同创作这套系列丛书。

我们这套书的写作，约请的都是活跃在当代中国文坛的中青年作家——

《西域使者》分册，由辽宁省文化艺术研究院作家编剧李铭执笔。他的多部小说作品获辽宁省文学奖、《鸭绿江》年度小说奖等。

《羊皮手记》分册，由"90后"作家范墩子执笔。他是陕西文学院签约作家，鲁迅文学院第32届作家高级研修班、西北大学作家班学员。

《智取真经》分册，由本名金波的若金之波执笔。他2014年起转型从事儿童文学创作，《妈妈的眼泪像河流》等四部图书获2009年度冰心儿童图书奖。

《妙笔丹青》分册，由辽宁省作家协会第十届签约作家叶雪松执笔。他是鲁迅文学院第二十届少数民族作家班学员。

《丝路女神》分册，由福建省作家协会会员慕榕执笔。他是中国寓言文学研究会会员，现供职于福建少年儿童出版社。

《丝路奇侠》作者周莲珊，儿童文学作家，图书策划人。多部作品获冰心儿童文学奖、"中日友好儿童文学奖"一等奖等。策划的图书曾荣获冰心图书奖和2012年辽宁省"五个一"工程奖等。

《楼兰楼兰》分册，由军旅作家张曙光执笔。他现任职于武警总部政治工作部《人民武警报》社。

《跨海巡洋》分册，由全国十佳教师作家陈华清执笔。她是广东省作家协会会员，中国散文学会会员，湛江市作家协会副主席。

《圣殿之路》分册，由中国作家协会会员赵华执笔。他是中国科普作家协会会员，鲁迅文学院第六届高研班学员。曾获全国优秀儿童文学奖、华语科幻星云奖、冰心儿童新作奖等多个奖项。

《盛唐诗仙》分册，由蒙古族儿童文学作家贾月珍执笔。她是鲁迅文学院第12期少数民族作家班学员，曾获第十一届索龙嘎文学奖（内蒙古自治区最高文学奖）。

　　确定了人物，找好了作者，要写好这个系列的书稿，创作难度依然非常之大。每一本书，每一个人物，每一个章节，每一个故事……主编、作者、编辑，来来回回，反反复复，推敲，修改，研磨，追寻创作素材，深挖历史人物背后的故事。过程中的艰辛，历历在目。

　　终于，丛书成稿。

　　无论主编、作者还是编者，我们共同的目标，就是给读者以更丰富的精神食粮，让读者通过生动优美的文字、扣人心弦的故事、启迪人心的人物，获得全新的视角，得到更加丰富的阅读体验，进而增强民族自豪感，以更饱满的热情进行我们的国家建设。

　　在创作过程中，每位作者都研究、阅读了大量国际、国内有关历史研究，并参考了海量的相关图书和资料。但百密一疏，即使这样，书中难免出现这样或者那样的不足或错误，恳请读者在阅读过程中，发现错误，批评指正。

　　主编：周莲珊，儿童文学作家，儿童图书策划人。多部作品获冰心儿童文学奖、"中日友好儿童文学奖"一等奖。策划、主编的图书曾荣获冰心图书奖和2012年辽宁省"五个一"工程奖等。出版长篇小说三十多部，童话集、儿童绘本、长篇励志版名人传记等多部。

目 录

第一章

≈

绝处逢生

艰难启程

"怎么办？摆在我们面前的路有两条：一条是返回威尼斯继续做一个商人，这样可以发大财，家财万贯；还有一条就是我们趁着战乱，重返东方蒙古帝国，成为一名诚实而守信的使者……"此时的尼古剌看上去多么刚毅、伟岸。他的个子高高大大，长着满脸的络腮胡子和一双大而圆的眼睛。透过那一对海水一样深邃的蓝眼珠，可以看出他博大的心胸。

"……没关系的，我们已经有了经受旅途磨难的经验，不管经历多少次出生入死都能坚持。"说话的是尼古剌的弟弟玛窦。他尽管小哥哥几岁，但是，在困难面前，从来没有退缩过。玛窦虽然话语不多，但是，从来都默默地支持兄长的选择，是尼古剌作出重大选择的坚定支持者。

"这个时候，我们不能退缩，要选择继续东进，重返'丝绸之路'。一个人的诚信，远比财富更重要。"

"好！我选择支持父亲和叔叔，不管经历多少苦难，我都会义无反顾地跟随你们！"说话的是一个个子高高的少年马可，虽然他才十七岁，但是，他已经熟练掌握多种语言。他是一个沉稳、坚定、刚毅的孩子。尽管他失去了母亲，可不管经受多少苦难，他都从不流泪。母亲从小就告诉他，父亲是一名真正的汉子！父亲一去多年，坚定、执着，寻觅到了东方那个出产茶叶和丝绸的国家，拜见了蒙古大汗……

第一次和父亲、叔叔同行的马可，从亲人身上看到了"不到长城非好汉"的决心。波罗家族三人选择了东进"丝绸之路"。在西方人看来，这无异于从此踏上不归路。因为，他们成功的希望渺茫，到达东方的几率微乎其微。

"也许我们会很顺利地到达忽必烈的大蒙古国呢……"马可很自信地说了一句。年幼的马可那稚嫩的脸上，已经冒出毛茸茸的胡子，像初春的小草一样。

此时，波罗家族三人已经没有了退路！除了在威尼斯、阿迦和耶路撒冷三地还可以稍稍滞留之外，他们不能有一点儿懈怠。

经历了一次又一次磨难，年少的马可才意识到，他们这才开始了真正的东方探险之旅。

很快，一些新的问题出现了，让波罗家族三人感到手足无措。他们原计划使用骆驼和牛，从亚美尼亚南行。如果可行的话，徒步走完数百英里到达波斯湾重要港口霍尔木兹，然后，再从那里乘船跨过霍尔木兹海峡进入印度洋。

当时，大多数往来于印度洋的商人都会把印度洋西海岸一些城市作为他们理想的经商目的地。波罗家族三人不是这样，他们认为，他们是从这些城市出发，踏上"丝绸之路"，前往东方蒙古帝国。

他们此次之行没有制订明确的路线，因此，他们遇上了很大的麻烦！

当马可他们重返亚美尼亚的时候，他们感觉这里已经被蒙古帝国征服。尽管这里的居民都是基督教徒，但是，他们并不像罗马人那样虔诚。

很早以前，亚美尼亚人以勇敢和彬彬有礼著称，但是现在，他们却野蛮、吝啬、好吃懒做……

当波罗家族三人来到这里的时候，当地人很少关注他们，没有人询问他们从哪里来，或者到哪里去。

大家都感觉他们很平凡，平凡到没有什么话要和他们说。他们就是来自威尼斯的三个普普通通的商人，或者说，就是三个不知道到哪儿去的普通旅人。

马可还年少，所以他感觉这个世界一切都是那么美好。他总是有过剩的精力，一路上问这问那，对这个世界的一切都充满好奇。

不知不觉，马可他们一行三人已经到了土库曼……

土库曼人不耕种土地，也很少定居下来，大都过着游牧生活。他们选择临时居住地的时候，完全取决于是否有可供放牧的草场，有时居住在高山草场，有时居住在旷野大漠。他们常年与自己放牧的羊群为伴，穿的是用毛毡和兽皮做成的衣服。

尼古剌和玛窦每天忙于东进"丝绸之路"的各种准备，路上需要的骆驼和牛、马，还有吃的肉食和水。

年少的马可认识到路途艰险，他必须学会适应各国、各民族的语言、文字、文化和宗教，尤其是各国、各民族的语言，还有饮食、服饰。在旅途中，他慢慢地发觉那个叫忽必烈的帝王领导下的蒙古民族并不信仰上帝，他们只是效忠蒙古国大汗，并定期献上贡品。他们这么做就可以得到大汗的恩惠，做自己想做的事情。

亲身经历了一次东方之旅的叔叔玛窦，微笑着冲马可耸耸肩，说："马可，我们的东方之旅才刚刚开始，还有许多困难和艰险等着我们……"

土库曼的天空湛蓝湛蓝，蓝得好像海洋，浩渺无边。银白色的弯月，好像浩瀚大海中一艘航行的船儿，把一个又一个旅行家、探险家和商人的美好梦想，载向天边，载向彼岸。

歇息调整了一段时间，他们又开始了新的旅程。

摩苏尔惊魂

"不许动！留下买路钱……"波罗家族三人正行走在位于底格里斯河畔繁华的商业中心摩苏尔一条街上的时候，三个蒙面人手持利剑，突然横在他们面前。

尼古剌和玛窦在多年的旅行中，积累了丰富的和路途劫匪周旋的经验。

玛窦对蒙面人说："我们是罗马教皇的使者，奉命出使遥远的东方……"

"我们见到过的狡猾的商人，比你们狡猾得多了！"一个劫匪冲马可嚷嚷。

三名劫匪在波罗家族三人身边左转三圈，右转三圈。突然，一名劫匪的一把利剑向年少的马可刺来，尼古剌立刻抽出随身佩戴的利剑一挡。

"当啷——"，劫匪的剑被尼古剌的利剑挑向空中，翻了几个空翻后，掉到地上。

……

这时候，摩苏尔巡逻的武士听见动静赶紧跑过来。

马可没有遭遇过这样光天化日之下的打劫，气得呼哧呼哧大喘。他刚想去追赶打劫的强盗，被玛窦叔叔拦下了。"放他们一条生路，都是为了钱财。他们以为我们是威尼斯商人。"

父亲尼古剌跟赶来的摩苏尔武士讲述了刚才被打劫的遭遇。摩苏尔武士很同情波罗家族三人，安抚了他们，还给他们指路，让他们住进一家相对安全的旅馆。

在摩苏尔休整了一段时间，波罗家族三人就到了摩苏尔东南220公里的巴格达。

到了巴格达，他们三人一有时间就经常去洗桑拿，因为这样可以消除旅途的疲劳。

当时，巴格达被东方强大的蒙古帝国攻陷后，人口骤减到占领前的十分之一。

巴格达曾经辉煌的历史，还有有关哈里发的传说，常常吸引着年少的马可。马可读书的时候，常常听老师讲《天方夜谭》中的故事。直到到了巴格达他才明白：这里竟然是《一千零一夜》故事发生的地方。

马可兴奋地四处闲逛，他发现这里威尼斯商人不多，更多的是热那亚商人，他们关注的是珍珠。

这个时期，大不里士是一个非常重要的珍珠市场，可以算得上是世界最大的珍珠市场。当时闻名遐迩的波斯湾珍珠就在这里销售。这里的商人有一个不成文的规矩，就是不管他们怎样讨价还价，从不大声喧哗。这样做的好处就是防止被旁边的劫匪听到，或者被其他商人抢了自己的生意。

波罗家族三人在巴格达短暂休整后，继续开始向东方蒙古帝国行进。

波罗家族离开城市，走向巴格达往东的广阔乡村……

乡间强盗

当他们一行三人途经位于波斯西北部的阿尔伯兹山上一个叫鲁德巴尔镇的时候，他们才总算到了一个相对安全的地方。

到了这里，马可才发现这个拥有辽阔草原牧场的小镇，竟然是一个商贾云集的地方。

小镇被美丽而辽阔的草原装饰得如诗如画。草原天空飞翔着的山鹰大部分都是经过驯化的鹰。这些经过驯化的鹰是最好的猎鹰。这些鹰可以帮助猎人和一些贵族捕捉草原上的狼和狐狸。这种猎鹰的腹部、胸部都生长着红色的羽毛。它们不仅飞行速度快，而且动作矫健。

马可一到这里，看到那一望无际的草原，就羡慕这些能在蓝天翱翔的雄鹰。他多么盼望自己有一天也像天空中的猎鹰一样，展翅高飞。

考虑到了他们的旅途还很长，父亲尼古剌让儿子马可和弟弟玛窦用随身携带的物品和当地的牧人交换一些牛肉。因为牛肉风干以后，可以存放很长时间，携带也十分方便。

马可和玛窦来到牧民家，首先映入他们眼帘的就是体形硕大、非常健壮的牛。因为这里气候炎热，所以，这里的牛体毛短而且浑身光滑。牛毛看上去白净如雪，牛角既粗又短，两条前腿之间还有一块腱子肉凸起。这些牛看上去既温顺，又可爱。

玛窦试着让这里的牛驮东西，这些牛竟然像骆驼一样乖乖跪下，一直等到人把要驮载的东西放上去，才慢慢起身。

在草原牛群中，还混杂着这里独有的羊。这些羊高高大大的，像一头头毛驴，尤其是那尾巴，又肥又大。

马可和叔叔从牧人手中换购了一些牛羊肉，并且换得了一头乖乖牛，驮着这些物品回去。

这次交易事事如意，平时很少言语的叔叔玛窦也一边赶着牛，一边哼唱起威尼斯小调儿。这些熟悉的乡音，勾起了马可的思乡之情。他情不自禁地朗诵起了威尼斯诗人写的诗：

威尼斯，
你是意大利
独一无二的
水乡；
不管我走到哪里，
我都不会忘记
——我的亲娘。
……

就在马可和叔叔悠然自得的时候，从草原深处杀出来一群人。

这群人呼喊着：“杀啊，杀——！”

“把金银财宝留下……”

原来，马可和叔叔遇到了横行乡间的卡闹那斯人。

卡闹那斯人其实是以放牧为主。但据当地人说，最可怕的是他们擅长一种魔咒，能把白天瞬间变黑。

这些歹徒对这一带的地形非常熟悉，通常都是利用黑夜并肩骑行抢掠。有时候，甚至会出动数万人以极快的速度抢劫。所到之处，无论是人，还是牲畜和货物都会成为他们打劫的目标……

尽管马可和叔叔玛窦与他们斗智斗勇，但是，还是没有躲过他们的劫掠。趁着夜色，马可他们与父亲会合后，连夜逃往港口城市霍尔木兹。他们在逃亡途中，几次与这些强盗相遇，都利用夜色巧妙躲过劫难。

"这些歹徒对这一带地形非常熟悉，通常都是利用夜色进行抢掠……"

"我敢打赌，很少有人能从这群强盗手中逃脱掉……"

马可父子俩边说边逃，最后，波罗家族三人总算侥幸逃到了一个叫卡玛莎尔的小镇。

到了这里安顿下来，马可才知道：如果让这些强盗抓住，不是被杀害，就是被卖给人家做奴隶……

踏上东方之路

波罗家族一行三人在去往东方蒙古帝国的旅途中常常漂泊不定，他们有好几个月都在沙漠中度过。

当马可他们逃亡到霍尔木兹港的时候，一见到碧蓝的海水，尼古剌就落下了泪水。他期盼能有一天回到自己的故乡——水城威尼斯。可是，作为一个想早一天到达东方的人，他还是偷偷地用手拭去眼角的泪水。

马可似乎看出了什么，问道："父亲，你想威尼斯了吗？你想回家了？"

"孩子，父亲怎能这么想呢？记住，我们都是威尼斯的儿子，既然走出了水城，就要活出点尊严来！"尼古剌坚定地回答。

叔叔玛窦接着说："马可，你父亲和我总会慢慢老去，希望就在你身上，担子也在你肩上……"

马可点点头，他用自己的一双手紧紧地握住父亲和叔叔。

接下来，尼古剌和玛窦决定，如果有可以搭乘的船，他们将乘船到遥远的东方蒙古帝国去。

可是，他们的期盼变成了失望：他们准备搭乘的船让波罗家族三人大失所望！

船只的情况特别糟糕，这艘船是用棕榈缝在一起的，没有用铁钉固定，所以，很多地方都已经渗水了。这样的船，仅有一根桅杆、一张帆、一个舵，还没有甲板……

马可知道，在大海上远航的船，要配有双舵、双桅杆，铺设的甲板还要坚固，才有安全保障。如果乘坐这样破烂不堪的船，一旦遇到风浪，只会船毁人亡……

他们三人经过协商以后，决定放弃海上路线，选择赶着毛驴和骆驼继续向沙漠出发……

波罗家族三人重新踏上陆上丝绸之路，向遥远的东方进发！

马可和父亲尼古刺、叔叔玛窦一踏上东方之路，他就恍恍惚惚感觉自己又回到了故乡，那个13世纪闻名于世的意大利水城威尼斯，想起了生他、育他、养他的母亲……

第二章

≈≈

少年侠客

商人之子

13世纪的水城威尼斯是当时欧洲繁华的商业都市之一。这里，白天，来自世界各地的商人熙熙攘攘；夜晚，点点烛光照耀着波光粼粼的河水，游人行走在威尼斯的大街小巷，仿佛行走于天上人间。

临街邻水的一栋欧洲哥特式楼房二楼的一间屋里，烛光彻夜长明。

房间里传出母子二人的对话。

"母亲，我们家的蜡烛为什么要一直亮到天明呢？"

"亮着蜡烛，好等着你的父亲归来啊……"

"父亲到哪儿去了？"

"你父亲尼古剌和叔叔玛窦到遥远的东方去了。"

"……"

马可的父亲尼古剌和叔叔玛窦本来在威尼斯经营着波罗家

族的产业，且生意火爆。但是，1253年的一天，波罗兄弟突然作出一个决定：离家到东方蒙古帝国寻找商机，寻求发展。

尼古剌临行前并不知道，他的妻子索菲亚已经身怀六甲。

不久后，1254年9月15日，尼古剌的儿子马可·波罗（Marco Polo）诞生了。

马可从小就伶俐、聪慧，他与母亲索菲亚生活在一起。索菲亚美丽、善良，但体弱多病。她还因为长期思念丈夫，变得十分焦虑。

丈夫尼古剌寄回来的钱常常很快就花光了。索菲亚没有办法，只好不再雇用仆人，自己一个人操持家务。长年累月的劳动，索菲亚的身体一天不如一天。

每次索菲亚到教堂祈祷的时候，小马可都听见母亲在低声抽泣。他常常跪在母亲的身边，心中暗暗祈祷："请保佑我母亲索菲亚身体健康，保佑父亲和叔叔旅途平安，早日归来！保佑母亲早日康复……"

这时候，母亲会用那双温柔的手，抚摸着小马可，深情地望着儿子，说："马可，你是波罗家族的希望。你要记住，父亲和叔叔如果没有完成他们的目标，你长大以后一定要勇于担当重任，去完成他们的心愿……"

"放心吧，母亲！儿子不会让您失望的。"

"……"

马可说完，紧紧地依偎着母亲，走出高高的大教堂。

马可从小就有远大的理想，他长大以后要像父亲和叔叔一样，到遥远的东方去！他生性活泼，常常和小朋友们在威尼斯的水巷里玩游戏。他们用一根长长的竹竿划着小船儿，看谁能在最短时间里，把对方的船打翻。他们乘坐的小船像一叶扁舟，是当时威尼斯人出行的主要工具。对"威尼斯之子"马可来说，小船就是童年的伙伴。

父亲多年不回家，家中的日子日渐难以维持。为了帮助母亲维持生计，马可从小就在威尼斯做搬运工，每天划着那种小船，把货物送到附近的顾客家里。

13世纪的威尼斯是一座繁荣的城市，商人的生意都十分火爆。小马可赚钱也十分容易，每逢有远航的大船一进港，他和其他小伙伴们就一起划着那种凤尾小船，把远航归来的海员送回家。每当这个时候，小马可总是希望有一天远航的父亲能出现在他的面前。

小马可一边划船，一边可以听到东方商人讲述蒙古帝国的逸闻趣事……

送完了一拨远航归来的海员，小马可常常不回家，他会爬到威尼斯城最高的地方，俯瞰全城。这时候，映入他眼帘的是那些相互用桥连接的街巷，还有用石头砌成的宫殿式建筑。

有时候，马可还到雄伟的威尼斯议会大厦前，去观看那里的高大、美丽的喷水池，还有那广场上飞来飞去的鸽子。广场上有许许多多美丽的石雕像，还有爱神维纳斯和战神阿波罗的雕像。

那时候，小马可那艘小船常常从威尼斯港口接回来驻各国的使节、传教士和商业间谍，这些人返回威尼斯是向本国政府提供他们搜集来的各国商业情报。

小马可不喜欢听稀奇古怪的商业情报，而是愿意听那些关于"十字军"东征的故事……

这些故事常常令马可十分费解：人为什么不能和平相处，而要相互残杀呢？

波罗家族

马可虽然年龄小，但是，他却很早就挑起波罗家族的重担。他既要照顾母亲，又要像父亲一样支撑起这个家。

劳累了一天，天黑之后，他还要到教会学校去读书，学习文学、历史和地理，还有各国语言。他最喜欢的是文学，特别是那些文学大师笔下的威尼斯。

一直学习到夜深，马可才一个人划着小船回家。很远很远，他就看见家中的烛光还亮着。再近些，他看见烛光下母亲索菲亚的身影在来回走动。她盼望着儿子马可能早一点归来。

"母亲，我回来了——"

"亲爱的马可，你终于回来了！"

母亲索菲亚总是充满自豪地微笑着，十分自信地看着一天天长大的儿子。

望着个子一天一天长高的儿子，索菲亚回忆起波罗家族，还有威尼斯的往事。

马可的祖父安德里亚·波罗，出身于威尼斯波罗氏商人家族。父亲尼古剌·波罗和叔叔玛窦·波罗都是有抱负的威尼斯商人。

老马可，先是在君士坦丁堡（现在的伊斯坦布尔）经商，其后又在黑海北岸克里米亚半岛东南岸的索尔德亚建立货栈。他的两个儿子也跟着他开始向东方发展事业。

波罗家族之所以有今天，是因为他们居住的这座古城威尼斯有着无限的商机。再加上波罗家族各个都有一颗聪明的头脑，时时刻刻都关注着、掌握着商机。

威尼斯周围有118座纵横交错的岛屿，这些岛屿构成了天然的御敌屏障。整个威尼斯城被运河环绕，各种防御工事和民宅都建造在水中的木桩和石头上。城里潮湿阴暗的修道院星罗棋布，熙熙攘攘的商人和游人在十分狭窄的街巷之间乘坐小船穿梭往来。

水城威尼斯是意大利东北部一个商业城市，濒临亚得里亚海，原属东罗马帝国。公元10世纪末成为一个独立的共和国。由于交通便利，威尼斯成为西欧和东方贸易的中心之一。

13世纪初，西欧的"十字军"发动了第四次东征（1202—

1204年）。威尼斯乘机在地中海沿岸一些城市取得商业特权，并占有了爱琴海上许多岛屿，夺取了东罗马帝国的国际贸易地位。但此时，其西南部的热那亚共和国也早已崛起！

13世纪，威尼斯的每个商人都始终怀有坚定的信念：相信太阳是绕着地球在转，地球是平的。处处充满商机和诱惑的水城威尼斯是13世纪欧洲最重要的商业和文化中心。

作为通往东方财富门户的威尼斯，随之产生了一批精明的商人贵族，这其中就包括有过多次东方之旅的波罗家族。他们曾到过东方（土耳其），到那里寻找过宝石、丝绸和香料。

波罗家族的每个人都怀着美好的憧憬，设计着自己的人生。

一天，年幼的马可·波罗早上刚起来，听说爸爸和叔叔要远行，一路小跑着跟在爸爸的身后。

他怀着一颗对爸爸和叔叔敬仰的心情，好奇地问道："世界上，还有比水城威尼斯更美丽、更神奇的地方吗？"

"是啊，马可。不走遍世界各地，哪能看到世界的神奇呢？"

"……"

看上去爸爸尼古剌说得很轻松，实际上从爸爸和叔叔写满沧桑的脸上，可以看到他们旅途的艰辛和劳累。

因为这次爸爸和叔叔将要进行一次前无古人、后无来者的探险旅行。他们要去东方那个神奇而充满诱惑的蒙古帝国去。

这次探险旅行之前，马可的爸爸和叔叔，这两位高贵而睿智的威尼斯商人，在君士坦丁堡已经取得了很不错的业绩。

由于商业竞争的需要，他们常常越过黑海到克里米亚半岛进行贸易，到达当时钦察汗国（蒙古帝国的四大汗国之一）的境内。

那时候，正好逢波斯旭烈兀和钦察别尔哥汗发生战争，致使他们滞留在战乱地区，无法回国。

波罗兄弟俩继续向东，想避开战事，经过别尔哥汗，到达布哈拉城。

两名幸运的威尼斯商人在这里遇见了旭烈兀派去朝见东方蒙古大汗的波斯使臣。波斯使臣和兄弟俩相处多日，共同语言也渐渐多了起来。于是，波斯使臣便邀请兄弟二人一同去见大汗。

兄弟二人作出决定之后，便与波斯使臣一起上路，寻梦蒙古帝国。

痛失母爱

马可永远不会忘记母亲离开的那天。当时马可正和伙伴们在威尼斯运河里划着小船接送游客。

"马可——！马可——！"

　　他听到岸边的姑父在老远的地方呼喊他回家。原来，是他的母亲索菲亚突然病重，让他赶紧回家。

　　马可匆匆忙忙到了家里，发现母亲病倒在床上。两个小时前发病的索菲亚面容憔悴，躺在床上一动不动，紧闭双眼。

　　索菲亚见儿子马可回来了，强撑着身体抬起头来。母亲环顾一下四周，儿子立刻明白她的心思。在母亲和父亲结婚时候置办的油漆柜子上，有一个波斯舞女玉雕。这个玉雕下面压着一封折叠的信。这封信是从东方归来的大船捎回来的。

　　索菲亚挣扎着把玉雕下面的那封信交给马可，让他读给自己听。

　　我最亲爱的索菲亚：

　　　　这封信是告诉你，我在遥远的东方还好。当你看到这封信的时候，我将比那些远离亲人和故乡的人走得更远，到他们从未去过的地方……

　　　　前天，我们通过灼热的浩瀚沙漠，最后，才来到现在这个城市。

　　　　这个城市到处都是喷泉和金顶宫阙……

　　　　……索菲亚，我亲爱的妻子，我知道你思念我，如同我经常想念你一样。

　　　　我们的孩子现在长大了吧？我还不知道是男是女，我只能在遥远的东方祝福你，我亲爱的索菲亚。等着我，我一定回家，与你团聚。但是，威尼斯之子一生注定要远游……

爱你的尼古刺

马可一边读信，一边关注着母亲索菲亚。此时，索菲亚再一次慢慢闭上眼睛。

马可悲痛欲绝地呼唤着永远睡着了的母亲索菲亚，号啕大哭，扑倒在母亲身上。

马可再也听不到母亲索菲亚的叫声了，再也听不到她的呼吸了！他拼命地呼喊着："母亲啊，我不会像父亲一样，把你一个人扔在威尼斯……"

可是，索菲亚——马可的母亲，永远地离他远去！

少年励志

冬天，威尼斯的天气渐渐变冷。

威尼斯运河上，每天一大早就升起一团一团潮湿的雾气。一群一群白色的鸽子在广场上啄食。稀稀拉拉的游人，或者行走在狭窄的街巷，或者乘坐小船儿出入各家商铺，采购各种生活用品。

从这天开始，小马可成了孤儿。威尼斯人都传说：尼古刺和玛窦早就客死他乡了！马可听了这个消息，不禁打了一个冷战。他怎么也不相信这个消息是真的。

姑父和姑妈开始照顾年幼的马可，他们带着自己的三个女儿到马可家里来住。

姑父是商人，生意忙的时候，就叫马可过来帮忙。马可主要是帮姑父给主顾送货物，每天都在威尼斯城跑来跑去。

一天，马可的一个好朋友跑过来对他说："刚刚从东方蒙古帝国回来一批人，他们在威尼斯港口一上岸就议论东方见闻……"

"但愿这都是真的。"

马可把自己正送的货物送到主顾手中就匆匆忙忙跑到那群刚刚上岸的水手身边。这时候，水手们周围已经围上来很多人，都在听他们滔滔不绝地讲述着东方归来的见闻。

东方归来的水手们个个好像是威尼斯的大英雄。他们一个个坐在大行李包和从船上卸下来的木桶上，一边大碗喝酒，一边信口开河地讲故事："我们到过蒙古帝国，看见过蒙古人……他们各个彪悍、威猛、善战。在东方大草原上有成千上万的蒙古人。马要比人不知道多多少倍……"

威尼斯人和其他地方的人一听到东方蒙古帝国都有一点头皮发麻。

这个水手还没有说完，另一个老水手又接着说："东方蒙古大汗叫成吉思汗，他想征服世界，他是世界上最恐怖的人。他想征服上帝，创造每一个生灵。他以摧枯拉朽之势，横扫波斯、日耳曼和波兰。据说，他很快就到威尼斯了！"

"请保佑我们不要经历战争呀！"一名年迈的妇女一边哭，一边诉说。

"他为什么要发动战争，杀害百姓呢？"一个十分猥琐的商人在一边小声嘀咕："这人为什么这么凶残呢？"

一位年轻人说："征战对于他们来说，也就是一场杀人的游戏。"

……

等大家都静下来，一个一个都渐渐远去，马可才凑到一个水手身边，小声地问道："先生，你路过波斯，有没有看到过，或者听说过，一个叫尼古剌·波罗的人。"

这个人边回答马可，边指着身边几个水手说："你问问他们，他们或许在蒙古帝国生活过……"

马可马上向身边这个曾经在蒙古帝国生活过的人施礼。

从这个人的述说中，马可才知道，世界是如此广大。他同时也为父亲和叔叔的命运和前途担忧。他隐约感觉，父亲他们兄弟两个凶多吉少，说不定早就不在人世，被蒙古人抓起来，或者杀掉了……

想到这里，马可不敢再想了！他急匆匆地赶回家。

安东尼老师

马可自从失去母亲之后，就和姑妈、姑父生活在一起。不管白天多么劳累，他晚上总是坚持读书、学习。他读过一本书，书中主人公的故事常常回响在他的耳边：

一个苦孩子，从小没有母亲。这个倔强的孩子苦苦寻觅，不辞辛苦，跋山涉水，步行千里，最后功夫不负有心人，终于寻找到了生母。母子得以团圆，重新享受天伦之乐。

马可心想，自己虽然没有了母亲，可是还有父亲。他要以书中的人物为榜样，长大了，或者有了条件，一定会向父亲尼古刺和叔叔玛窦一样，到遥远的东方去寻梦。

后来，马可仔细一想：即使我只身一人到东方去，也要先了解那片土地，了解他们的饮食、着装、生活习惯，还有他们的社会制度、风俗和语言……

"不行！我要去请教我们的历史老师安东尼。"越想越睡不着的马可，打算去请教他的老师。他的历史老师安东尼和他居住在一个楼上，他经常到安东尼家里去。安东尼老师的家就是一个图书馆，到处都堆满了书籍。这些书籍有的是拉丁文的，有的是汉字，还有的是埃及的纸草书。

安东尼是一个很有学问的老师，马可对他十分尊敬。在安东尼的学生中，马可聪明、稳健、成绩优秀，深得老师的器重和赏识。

安东尼在课堂上教导学生说，地中海沿岸是古代文明的发源地。早在公元前3500年左右，苏美尔人就发明了楔形文字。继爱琴文明之后，就是古希腊文明……

安东尼老师每每讲到这里都情不自禁。

有一天，马可走进了安东尼老师的房间，他看到老师正在专心致志地看世界地图："安东尼老师，您好！我可以进来吗？"

"马可，进来吧。我正想找你问问，你父亲最近有音信吗？"

"父亲和叔叔音信全无。安东尼老师，我听说蒙古人要打过来了，还有人说，蒙古人要毁灭我们白种人的文明。……"

"今天的蒙古人不像过去的匈奴人，他们具有高度的文明且幅员辽阔。西夏和金已经被蒙古给灭掉了。宋位于长江以南，他们如果灭掉宋国，就难以用兵来征服欧洲了。蒙古第三次远征也只能打到巴格达和大马士革，远征到埃及的时候，就被强大的埃及给阻挡回去了……"

安东尼老师说到这儿非常激动，他一边说，一边指着眼前的这张世界地图。

马可听着安东尼老师的话，越听越兴奋。

"安东尼老师，我长大一定做一名东西方和平的使者。我会用我的智慧去遥远的东方说服蒙古大帝，不要再进攻西方……"

安东尼老师两眼放着光，从上到下打量了一下面前的学生马可。他第一次用赞许的神情打量了一下自己的学生，深情地说："马可，很不错！英雄出少年，有志不在年高。你虽然年纪不大，但是，却有雄心壮志！"

安东尼又说："男子汉志在四方，威尼斯之子从来都是志向高远。如果……如果有一天，你可以向你父亲尼古剌和叔叔玛窦一样，勇敢地到东方，到遥远的蒙古帝国去，一定要制订好一个周密的远行计划。……从现在起，你一定要好好学习，学好蒙古帝国的历史、语言、风俗……你可以经常到我这里来，我专门给你讲授这些。"

马可的泪水在双眸中打转，似乎打了一个旋儿，泪珠却没有落下来。

随后的日子，只要马可有时间，就到安东尼老师那里去学习。

父亲归来

转眼之间，马可已经在安东尼家里学习了一年多了。因为安东尼教务繁忙，不再有时间教授马可，他表示十分可惜。

"安东尼老师，我会永远记住您的教诲。"

"我希望你今后还要坚持学习，这是威尼斯人的美德。"

马可拥抱着安东尼老师，安东尼拍拍他稚嫩的肩膀，示意他："你能行！"

13世纪的威尼斯，水道繁忙，大有成为地中海最富有的港口之势。

当时，威尼斯作为欧洲商业发达的贸易港口，大名鼎鼎。他们的商船往来于罗马和君士坦丁堡（现在的土耳其伊斯坦布尔），把来自东方的丝绸和香料转手卖到欧洲各地。

渐渐地，威尼斯商人们发现：如果去掉君士坦丁堡这个中间环节，直接从东方购买再贩运到欧洲，会带来更大的利润。

当时，崛起的蒙古帝国通过"丝绸之路"连通了欧亚，为欧洲人东进提供了便利的条件。

当大船靠近码头的时候，刚刚放下缆绳，远归的"威尼斯之子"就都急匆匆地走下船上岸。

每一次有远航的大船回来，马可都要到码头，看看父亲有没有回来。

这一次，看着渐渐远去的游子，马可心里失落极了。

马可低着头，十分沮丧地往回走。

"先生，你这条船可以送我们回家吗？要多少钱都行。"

马可被这突如其来的两个人给问愣了。他连忙仔细打量着这两个从遥远地方归来的人。他们满脸大胡子，穿着一身威尼斯很少见的亚洲服装，只有他们那双属于欧洲人的大眼睛亲切而又明亮，看上去是那么熟悉！

"先生，你为什么这么看着我们？我们可是土生土长的威尼斯人。"尼古剌说。

马可点点头。

"我们是很早以前就离开威尼斯，到遥远的东方的。今天归来，回到故乡威尼斯。"尼古剌继续说道。

"哇！你们是真正的英雄！"马可激动地说。

马可说完，十分惊异地看着面前这两个人，总感觉和家中照片中的父亲和叔叔很像。

"……我们有好多年没有回故乡了。"尼古剌说。

马可感觉有一点蹊跷，更加仔细地注视着面前这两个不速之客。

马可疑惑地问道："你们……你们是波罗家族的人吧?"

"是啊！我是尼古剌……这位是玛窦。"尼古剌望着眼前的孩子说。

"父亲——叔叔——！我是马可呀。"

马可的双眼涌出泪水，紧紧地拥抱着归来的父亲和叔叔。

"马可，别哭了。"尼古剌边给儿子马可擦拭泪水边说。

马可一边哭，一边和父亲、叔叔诉说了母亲索菲亚病逝的事儿。

"别哭了，你的妈妈去了天堂……"叔叔玛窦安慰马可说。

"马可，我们离开威尼斯的时候，你还没来到这个世界。现在过去十几年了。你都长这么大了，可见索菲亚付出了多少！"父亲尼古剌哽咽着。

这时候，威尼斯已经不是十几年前的威尼斯，波罗家族也不再是以前的样子了。

月光下，波罗家族的三个男人静静地行走在威尼斯的夜色中。威尼斯的一草一木，一砖一石，每一条河流，每一条小船儿，他们都感觉那么亲切。

马可相信明天会是一个阳光灿烂的日子，因为"威尼斯之子"会给这个世界、给他们的故乡带来好运、带来惊喜！

对于马可来说，父亲的突然归来，让他既惊喜，又感到有一些不适。

回到家的第一天晚上，姑妈一边抹眼泪，一边对尼古剌说："你要是早回来一年该多好啊，索菲亚真是日思夜想你能早一点儿回来……"

尼古剌一句话都不说，在妹妹面前始终保持沉默。但是，当夜深人静，他目睹妻子索菲亚遗像的时候，禁不住潜然泪下。马可看到父亲落泪了，马可的姑妈也看到哥哥落泪了，可是谁都没有去劝他。

"让他哭个痛快吧……这么多年，离开家，从来都没有当着妻子索菲亚的面落过泪。"马可被姑妈叫走了，让哥哥尼古剌哭个够。

第二天一大早，马可把父亲和叔叔从东方带回来的几大包东西从码头运回来。这些大箱子、大货包，堆满了波罗家的屋子。这些货物都是威尼斯看不到，或者没有的：一匹匹漂亮的丝绸、亚麻布，还有精细、薄如蝉翼的纱……

"如果索菲亚活着该多好……可惜她不在了。"尼古剌说。

马可的姑父是一个商人，他知道尼古剌和玛窦带回来的这些东方的奇珍异宝价值连城。

马可问父亲和叔叔："这些东西你们是从哪儿弄回来的?"

"波斯和中国。"

……

叔叔玛窦从一个箱子里拿出来一个鹿皮口袋，里面全是红宝石、绿宝石和金刚石，还有紫水晶等一些宝贝。

尼古剌问马可妻子索菲亚生前的情况："你的母亲，经常说到我吗?"

"他几乎每天都要说到父亲，她病了好几年，总是到处打听父亲的消息……"

尼古剌听到这儿，就感到很愧疚。

"玛窦叔叔，你和父亲到东方一共要走多远的路?"

"三句两句说不明白……很难用多远说，我们一共走了三年才到达蒙古帝国。再回来，那时间就更长了。"

"你们到了哪儿?"

"到了蒙古大汗的宫廷。"

"见到成吉思汗了吗?"

"见到的是成吉思汗的孙子忽必烈。"

"还有威尼斯商人说，你们到蒙古汗国发了财……"

"是发了点财。但是，我们把大部分财富都留在了那里，因为那里的人们对我们十分友好……"

　　"我们带回来的这些珠宝只是忽必烈赏赐给我们贴补家用的。马可，你要永远记住，你的父亲和叔叔当初踏上古老的'丝绸之路'，我们不是去发大财的……我们这次回来，也不是以商人的身份，而是忽必烈的使者。我们是蒙古大汗派遣到欧洲的友好使者……"

　　马可为父亲和叔叔骄傲，姑妈和姑父也为尼古剌、玛窦骄傲，大家一起鼓起掌来。

　　回首往事，尼古剌和玛窦还仿佛是在昨天，也好像还在梦里——

第三章

旅途漫漫

大汗的金牌

"你好，大使先生！我们是意大利威尼斯的波罗兄弟。我是尼古剌……"尼古剌把手伸向来自蒙古帝国的大使，"这位是我的弟弟玛窦。"

马可的叔叔玛窦也把手伸向这位个子高高、长得十分彪悍的蒙古大使。

兄弟俩为了能够尽快实现东方之旅的愿望，他们早在几年前就开始学习蒙古语。他们和旭烈兀去拜见蒙古最高首领忽必烈的大使，相互之间交流得很愉快。如果他们能够说服这位大使，那他就很有可能为波罗兄弟打开一条通往东方蒙古帝国的坦途。

蒙古汗国的大使在此之前从来没有见过意大利人。特别是精通蒙语的波罗兄弟能够这么近距离地和大使沟通，大使感到非常高兴。

"波罗兄弟——很棒！"大使向波罗兄弟竖起大拇指。大使主动地上前拥抱了他们。大使还用右手用力地拍拍波罗兄弟的后背。这个动作表示蒙古人对朋友的认可和夸赞。

尼古剌和玛窦用他们独特的威尼斯人的聪明和智慧叩开了这位大使的心扉。大使终于自己主动提出向蒙古大汗忽必烈举荐他们兄弟俩。因为大使和忽必烈个人感情深厚，十分交好，所以，还向波罗兄弟保证蒙古汗国大汗一定会用最好的草原美酒招待他们兄弟俩。

大使说："波罗兄弟，从你们一踏上前往东方的旅途开始，只要有我陪同，你们就会一路平安。"

波罗兄弟听了大使的话，拱起双手，表示对大使的尊敬和敬仰。

波罗兄弟选择去遥远的东方拜见蒙古大汗这件事是任何一位意大利人想都不敢想的。

然而，波罗家族却做到了！他们让自己的理想变成了现实。

蒙古大汗忽必烈的聪明之处就是能够唯才是用。其实，这也是蒙古帝国崛起的一个重要原因。

当时，在蒙古汗国的朝廷官员中，以蒙古人居多。但是，随着越来越多地各个国家的人的陆续到来，也逐渐壮大了蒙古大汗治国的人才队伍。其中不仅有热那亚人、威尼斯人、犹太人和俄罗斯人，还有波斯人。特别是忽必烈还大胆任用外国人、外族人管理国家税收，主要是为了防止蒙古族的一些贪官滋生腐败。

天苍苍，野茫茫，风吹草低见牛羊。

一个屹立于世界东方的大国，以前所未有的速度发展、壮大着。

美丽、富饶的蒙古帝国，是当时世界上经济较发达的国家之一。横跨欧亚大陆数十个大大小小的国家都向蒙古帝国朝贡、纳税。蒙古帝国当时在西方人眼中是遍地是黄金的天堂。

1265年，尼古剌和玛窦经过千辛万苦，才到达了当时元朝的都城上都（故址在今内蒙古正蓝旗境内）。

忽必烈大汗初次与他们相见选择的地点并不是上都，而是离上都并不太远的大都。

尼古剌和玛窦见到忽必烈大汗，赶紧跪在地上，看上去还有一些战战兢兢："来自威尼斯的尼古剌、玛窦兄弟，拜见忽必烈大汗！"

尼古剌和玛窦进了忽必烈的宫廷后，长时间下跪，双手作揖。他们衣着整齐，目视大汗，双眸炯炯有神。

"起来吧，大使之前已经和我说过你们了，波罗兄弟。听说你们很有才华，通晓意大利语、波斯语、蒙语和汉语多种语言。看来，波罗兄弟是我大蒙古国不可或缺的人才。"

忽必烈个子中等，身材墩实，脸膛方正，蓄着蒙古汉子特有的络腮胡须，穿着一身具有蒙古民族特色的蒙古袍，头缠蒙古族头巾。他表情温和，一双会说话的眼睛像草原上流淌着的一泓清水，既温馨，又随和。

"谢谢——忽必烈大汗！"身材高大的兄弟二人双膝跪在地上，同时拱手向忽必烈大汗表达敬意。

这时候，忽必烈走到波罗兄弟面前，弯下腰来，顺势把他们扶起，微微一笑："起来吧……四海之内皆兄弟！只要有缘，合得来，有真才实学，我们会成为兄弟和朋友！"

忽必烈向四周的侍卫做了一个手势："拿上一坛好酒来！"

侍卫从军帐内拿出一坛酒，倒上三大碗，分别递给忽必烈和兄弟二人。三人一饮而尽。

波罗兄弟第一次见到大汗忽必烈，见忽必烈说话温文尔雅，并不像西方人说得那么粗野。而是恰恰相反，忽必烈做人低调，彬彬有礼，和那些西征的蒙古人给西方人留下的野蛮、凶残的印象，完全不一样。

外交礼节拜见之后，忽必烈和兄弟二人开始了长时间倾心交谈。

交谈中，波罗兄弟感觉到忽必烈大汗对意大利和基督教充满了好奇，并几次说到鼓励蒙古商人和西方商界开展民间贸易和官方贸易等。

波罗兄弟和忽必烈的交谈并没有用翻译，兄弟二人直接用流利的蒙语和忽必烈大汗交流。忽必烈从心里觉得，这两个来自意大利威尼斯的波罗兄弟真的是不可多得的人才。

波罗兄弟虽然不是第一批到东方蒙古帝国的意大利人，但是，他们却受到了蒙古忽必烈大汗的热情款待。

会见之后，忽必烈大汗用丰盛的酒席招待来自意大利的波罗兄弟。

"西方世界对东方大蒙古国了解得很少吗？"

"西方的国王和贵族们的生活状况是怎样的？意大利威尼斯商人常常会来中国吗？"

"……"

忽必烈大汗询问了波罗兄弟很多他关心的话题，波罗兄弟都一一进行了答复。初次见面，波罗兄弟的聪明、智慧，深受忽必烈大汗的赏识。

多次交谈之后，尼古剌和玛窦兄弟取得了忽必烈大汗的信任，他们之间的关系也日渐融洽。

忽必烈坚信，你把一个人作为朋友，那么，这个人就会竭尽全力来回报你。

过了一段时间，忽必烈大汗决定让来自意大利威尼斯的尼古剌和玛窦兄弟做大蒙古国沟通西方的特使，承担出使西方的任务。

忽必烈大汗已经深思熟虑，他对兄弟二人提出了一个更高的要求：他希望波罗兄弟可以陪同一位叫科加达尔的大臣去西方面见教皇。

忽必烈还命尼古剌兄弟带上他写给罗马教皇的信。他在信中希望教皇委派通晓基督教义和七艺，即：修辞学、论理学、语法学、算数、几何学、天文学和音乐的人来中国。

忽必烈还希望波罗兄弟给他带回来一些耶路撒冷耶稣墓上点着的长明灯灯油。

忽必烈的理想与现实之间其实还有很大的距离。

尼古剌和玛窦兄弟从多方面考虑，都一一答应了大汗的要求。

尼古剌和玛窦一再表示，他们可以按忽必烈大汗的要求去实现他的这些愿望，兑现自己的诺言。

为了确保两位威尼斯客人和使者的人身安全，忽必烈按照蒙古习俗，为兄弟俩配发了一块刻有忽必烈印章和签名的金牌。

这块金牌就是蒙古皇室的通行证，证明波罗兄弟和科加达尔是忽必烈的钦差大臣，沿途要提供住宿和马匹，承担护送任务，任何途经地区都不能违抗。

波罗兄弟和科加达尔三人离开大都二十多天后，科加达尔因病被迫放弃西方之行。之后，波罗兄弟凭借着忽必烈的金牌，一路畅行无阻。

经过长途跋涉，他们才平安到达目的地：以色列北海岸一个古老的城市阿迦。

波罗兄弟的这次旅途，可以说是一波三折。因为罗马教皇的更迭，致使波罗兄弟滞留在意大利威尼斯好长一段时间。波罗兄弟要一直等到选出新教皇，再去罗马拜见教皇，并转达东方蒙古帝国大汗的旨意。

向沙漠进发

1271年春天，威尼斯到处一片生机勃勃，商人络绎不绝，游人纷至沓来。城内的一条条运河里，来往运送货物和行人的小船熙熙攘攘。

觅食的海鸥一群一群沿河飞舞，飞行在河道间的小桥上。

太阳升起来了，把一片片金色的阳光洒满威尼斯。

一大早，马可睁开惺忪的睡眼，打了个哈欠，轱辘一下翻起身，拎起沉重的行李匆匆赶上已经走出家门的父亲尼古剌和叔叔玛窦。

姑妈和姑父依依不舍，这一次分别不知道什么时候才能相聚。拥抱、再一次拥抱姑妈，泪水像断了线的珍珠一样，滴滴答答地滚落下来。

"姑妈保重！"

"尼古剌——玛窦——马可——！保重啊！"

尼古剌和玛窦与亲人招手。他们没有眼泪，只有祝福，只有那份对亲人的深深祝福。

……

波罗家族三人加入了一个威尼斯远行船队，目标是一直向东航行，到达遥远的东方蒙古帝国。

波罗家族一行三人的第一站是阿迦城。

经过数天航行，船队到达了阿迦城。一到阿迦城，尼古剌和玛窦就急匆匆地去寻找老朋友梯博，并提出想从圣墓获得灯油的请求。他们的这个请求，得到了老朋友的支持。

梯博说："尽管经过数年的酝酿，但还是没有选出新教皇……"

不管怎样，波罗兄弟还是得到了圣墓的灯油，因此，他们不想再等下去，而是马上返回蒙古帝国，向大汗忽必烈报告他们不辱使命，完成了任务。

"梯博，你能不能说服教会，给我们出一份文书，以教皇使节的身份说明一下：因为没有选出新教皇，没能完成使命。"

梯博答应了他们的请求。

"谢天谢地，不管怎么样，我们还是完成了搭建忽必烈大汗和罗马教皇的外交桥梁的任务……"

教会总算答应了一旦选出新教皇，一定会去拜会蒙古大汗忽必烈。

波罗兄弟和马可把一切准备妥当，准备动身返回蒙古帝国。

几年前，波罗兄弟也是从这里踏上了回家的路。

世事瞬息万变。就在他们准备启程的时候，罗马教皇给他们带来了一个惊人的消息：

1271年9月1日，在经过有史以来最长的一次酝酿之后，选出了新教皇。新教皇不是别人，正是他们的朋友梯博。

"这真是一个令人振奋的消息，这个消息太令人兴奋了。"马可高兴得手舞足蹈。

稍后，新教皇梯博在教会设宴款待了波罗家族三人。教皇还考虑了蒙古帝国大汗忽必烈的心愿，派出两位修士与他们同行。

几个月过去了，波罗家族三人开始了风险莫测、前途渺茫的漫漫征途。有一些人认为，波罗家族三人义无反顾前往东方蒙古帝国，无异于从此踏上不归路！

……

马可和父亲尼古剌、叔叔玛窦一起，向沙漠进发，不问前程，只是默默前行。

马可一行的运输驼队全部用的是双峰驼。其实，早在公元前，双峰驼就已经在"丝绸之路"上长途陪伴旅行者了。

双峰驼有一个高驼一个低驼。双峰驼的脖子较长，耳朵不大，牙齿很大而且比较尖利。双峰驼颜色多样，从浅灰色到深褐色都有，这种颜色实际上很接近沙漠的颜色。双峰驼非常适合在沙漠中长途行走。它们宽大的蹄子踩在柔软的沙子上永远不会下陷。双峰驼非常健壮，身上有一层很厚的毛皮可以保护它们的身体，晚上就算是睡在坚硬的石头上，也没有问题。

在沙漠中，只有骆驼可以在没水的状态下行走很多天。

马可和父亲尼古剌、叔叔玛窦在旅途中把双峰驼当成了自己的朋友。他们骑行在骆驼身上，平稳而舒适。

一头健壮的双峰驼可以驮六百斤的货物和水，每天可以行走约三四十公里。

在骆驼背上一连度过多天后，波罗家族三人明显感觉到已经筋疲力尽，口干舌燥。就在这个时候，他们发现前面不远处有一个绿洲！

大漠清泉

"父亲，我们到家了——"

"孩子，那不是威尼斯，那是我们漫漫旅途的家。"

马可看到浩瀚沙漠中若隐若现的绿洲，霎时便兴高采烈，欢呼雀跃。

"马可，别高兴得太早了……沙漠中常常会出现海市蜃楼。"尼古剌说。

玛窦哈哈哈笑起来，和马可开着玩笑："马可，说不定这片绿洲中还有美丽的姑娘等着你呢。"

马可听着叔叔这么随意一说，两眼马上放光。十七岁，正是青春萌动的季节，他常常在梦里憧憬着自己的美好未来。青春期的他常常站在威尼斯街头，望着路上穿着鲜艳裙子的姑娘发呆……

沙漠绿洲边缘生长着生命力顽强的胡杨林，胡杨林给世世代代在绿洲生活着的人们带来吉祥和幸福。旅途中的人看到了一排排高大的白杨树，才真正看到了希望。每一棵白杨树上都生长着翠绿的叶子，看上去非常富有朝气和活力。

尼古剌和玛窦对这片沙漠绿洲并不陌生。他们十分清楚地记得这个沙漠深处的村庄叫萨普甘。这个不大的村子里的人们世世代代在这里生活了上千年。

这里的特产是沙漠深处绿洲中栽种的一种香瓜。这种瓜香甜可口，醇香醉人。夏季，从这里经过的旅人吃上一口甜瓜，感觉瞬间爽口，芳香四溢。这里的人们会在香瓜成熟的季节，把剩余的瓜切成薄片，保存在地窖中。这样，来往的行人不论哪个季节，只要进到这个村庄，就可以吃到这一沙漠里的特产。

沙漠绿洲中还有个村庄叫塔诺罕，是波斯境内沙漠绿洲中的一个小村庄。这个村庄像一枚镶嵌在沙漠绿洲中的绿翡翠，晶莹剔透，惹人喜爱。

波罗家族三人离沙漠中的村庄越来越近，他们感觉到一股清爽的凉风吹过来，沁人心脾。

往日旅途中悬挂在头上的毒日头，此刻也变得格外温顺。高大的白杨树枝叶间的缝隙里射下一缕缕阳光，白杨树的影子更加斑驳陆离。

一群美丽的姑娘扎着鲜艳的花头巾，穿着五颜六色的花裙子，像一群花蝴蝶，从村子里蹦跳着走出来。姑娘们清脆的歌声，让年轻的马可仿佛回到了威尼斯歌舞升平的夜晚。

看着这三个蓄着满脸大胡子的欧洲人，姑娘们感觉到十分有趣、好玩儿。

"姐妹们，快看啊，三个欧洲人来到了我们村子。"一个叫阿娜尔罕的姑娘一边招呼着村子里的姐妹们，一边走向波罗三人。她那双火辣辣的眼睛首先瞄上年轻的马可："小哥哥，你叫什么名字呀？"

马可一听有一个胆大的姑娘问起自己的名字，感觉自己的脸火一样的热。

"我……我……十七岁……叫马可。"

围着波罗一行的几个姑娘，开始把目光投向了十七岁的少年马可，围着他叽叽喳喳、指指点点说着什么。

马可依稀听出来姑娘们说他"胡子绒嘟嘟的……"，此时，马可心跳加速，"砰砰砰"像一只小兔子跳个不停。

"记住了，小哥哥……我叫阿娜尔罕——"阿娜尔罕被其他姑娘们有说有笑地拉着，渐渐离马可远去，消失在绿色的村庄。

马可呆呆地望着姑娘们远去的背影，长长地喘了口气，自言自语："塔诺罕的姑娘真美啊！"

……

虽然是旅途中的一瞬间，可是，这一瞬间的美丽却永远烙印在马可心中。

尼古剌示意玛窦把随行的双峰驼牵引到高大的白杨树下休

息。马可和叔叔玛窦在这里支起帐篷，顺便看守旅途的物资。尼古剌一个人到村中找到一户人家，用欧洲的精美物品换了一些蔬菜、牛羊肉和水，为继续前行做准备。

在塔诺罕村中短暂休整了一段时间，波罗家族三人又急匆匆地上路了。

尼古剌知道总有一天马可会长大，他心中会有自己的世界。望着日渐长高的马可，尼古剌心中充满了希望和憧憬。

蓝蓝的、高高的天空，永远属于雄鹰。浩瀚的沙漠，一路坎坷，一路艰辛，正是锤炼强者意志的战场。

大漠清泉总会用那汩汩流淌的泉水，给疲倦的旅人以新的希望。

不知不觉中，马可一行告别了沙漠绿洲中的村庄塔诺罕，来到了阿萨辛教派的地域。

当时的阿萨辛教派在欧洲影响恶劣，臭名昭著。他们刺杀爱德华王子，使其身受重伤。这件事给波罗家族的这段旅程蒙上了恐怖的阴影。

阿萨辛人的名字来自阿拉伯语，意思就是"吸食大麻的人"。确确实实是这样的，这些匪徒都是通过吸食大麻给自己壮胆，麻醉神经，并且以此来控制自己的手下，杀人劫掠，无恶不作。

几十年来，经过这里的人都闻风丧胆，谈之色变。当地百姓为了自己家族的安全，都纷纷讨好阿萨辛的头领。来往的旅人如果一旦遇到阿萨辛人，也只好舍财免灾……

他们三人在去往东方蒙古帝国的旅途中，想方设法地避开这段旅程。实际上，他们宁可绕行十几天，也要设法躲避开这个可怕的村子！

马可他们一到达阿富汗境内，就感觉度过了鬼门关。

"谢天谢地，总算躲过了一劫……"

走过了漫长的沙漠地带，总算来到山地地带。尽管遍地是荒山野岭，他们还是十分高兴。

叔叔玛窦甚至还教会了马可唱当地的民歌。聪明的马可还开始坚持记下每一个国家、每一个民族的历史和故事。

在冬日阳光的照耀下，一些村庄里那些生长了几十年、甚至几百年的高大树木，都把自己的影子投射到旅人的路上。

春天紧跟着冬的脚步到来了，世界渐渐地变得温暖起来。没过多久，山野、田地间生长着的波斯菊、郁金香就花繁叶茂。

部落里的孩子们在山野、田间奔跑，漫山遍野开满了梨花、杏花……

马可一行三人行走在美丽的穆斯林村庄，感受着这里的一切。

"丝路花雨"

波罗家族一行，是从"丝绸之路"最西端开始他们的东方之旅的。

最初，年少的马可和父亲尼古剌、叔叔玛窦是随同一个商队前行的，并且开始阶段主要借助商人提供的住宿和客栈。

这些客栈大部分都建在河边或者穆斯林教堂附近的沙漠绿洲中。大部分投宿的人都感觉住在这里有一种极大的安全感。

到了夜间，教会为了旅行者的安全，会用一条锁链把客栈的大门锁起来。客人在这样的客栈里可以洗去一路风尘，彻底放松。

"父亲，我们今天就住在这儿吧?"马可提议。

"好的。"

尼古剌嘱咐弟弟:"玛窦，记得夜里一定要把骆驼和马喂好……"

"好。"玛窦一边答应，一边和马可一起，把骆驼和马牵进马厩。

马可从马和骆驼身上卸下那些沉重的负载。马儿在客栈的地上打个滚儿，一翻身爬起来，打了个响鼻。

双峰骆驼则像是一名慢腾腾的旅客，它们从不叫喊苦啊、累啊，默默地行走在通往东方的路上。双峰骆驼也从不计较得失，只要能够吃饱、喝足水就行。

尼古剌一走进客栈的院内，就招呼客栈的管家送水、送饭，当然，喝一杯咖啡是最好的享受了。

客栈四四方方的院子里，有一个角落此刻正炊烟袅袅。没多大一会儿，满院子飘的就都是饭菜香味。

客栈的院子里除了商人、传教士和使者，就是商队的那些骆驼、马、牛和驴。驴适合山路，一般走在商队的前面。骑手常常坐在第一头骆驼身上。一支队伍往往绵延数十里，行走在茫茫的戈壁、沙漠或者山路上……

有时候他们只能用雪山上的雪水煮粥吃，好几天吃不上一顿饭，常常饿得发昏。这种时候，马可依旧会对父亲说："父亲，虽然外面的粮食也不多了，还是送给传教士一点吧。"

善良的马可和父亲、叔叔常常因此吃不饱，水也喝得很少。

宝藏与财富

马可一行骑着骆驼走了三四天，才穿过一片荒凉的无人区。除了来往旅客的马可以在这片无人区找到足够的水草之外，很难再找到旅客可以住宿的客栈，更谈不上任何吃的食物，或者别的什么。

巴达赫尚是沙漠中的一片绿洲，远远望去，到处是胡杨树。胡杨林中常常升起袅袅炊烟。

来往的行人经过这里，都管这里叫"天上人间"。因为无数旅途疲劳的人可以在这里短暂地休息一下。

马可和父亲、叔叔一到这里就发现这儿竟然盛产红宝石。这些红宝石产在深山的岩石中。这些宝石开采起来非常困难，就在当地的人们思考怎样才能开采到更多的红宝石的时候，这里又发现了金矿和银矿。

年轻的马可最感兴趣的是巴达赫尚彪悍、俊俏的骏马。这些骏马不钉掌，奔跑如飞，日行千里。即使奔跑在崎岖的山路上，也不会伤及它的四只蹄子。这样的骏马可以到达其他马匹无法到达的地方。

当地的村民给马可讲述了一个故事：这里的马以前都长着两个角。这是因为当地的母马怀上了亚历山大战马的种，所以生下来的马驹额头上都有一个独特的标记。后来不知道什么原因，这种马逐渐绝种了。

……

不管这里有多少财富和宝藏都不一定属于你，因为，你只是一个匆匆过客！

当波罗家族三人被巴达赫尚的宝藏和财富所吸引，沉浸在那些美丽的自然风光中的时候，不幸正不知不觉来到他们身边——

怎能轻易沉沦

马可突然病倒了!

马可浑身忽冷忽热,无法再继续行走。他躺在父亲尼古剌为他搭起的帐篷里,迷迷糊糊进入了梦乡。

迷迷糊糊中,马可在梦里见到了妈妈索菲亚。索菲亚只是冲儿子微微一笑,就消失在威尼斯蓝色的夜空中。

"母亲!我是马可!"马可在睡梦中叫道。

"马可,你是不是发烧了?"玛窦问道。

马可挣扎着爬起来,摇摇头,用手揉揉眼睛说:"我在梦里见到了母亲。母亲为什么不理我……"

马可说到这里,泪水哗啦啦流下来。

叔叔看到马可的病情严重,觉得他们需要休息一段时间。

尼古剌猜测马可感染了一种由蚊子传染的疾病。

马可小的时候,曾经得过欧洲流行的肺结核,这种病会在病人身体中潜伏很长时间,有时候是好多年。

父亲尼古剌请来当地的巫医,巫医建议可以用鸦片治疗。巴达赫尚其实也是盛产罂粟的地方。

波罗家族一到这里,就看到满山遍野种的都是十分艳丽的罂粟花。年少的马可第一眼看到这美丽的罂粟花,就被这种花的美丽所折服,他以为自己到了天堂。

大片、大片的罂粟花在晚风中轻轻扭动腰肢。这种花的果实具有镇静作用，是一种可以使人消除短暂痛苦的麻醉药。但是，人类一旦使用，就会有依赖作用。

在这里，波罗三人就是欧洲旅人的代表。尼古剌说："不能让马可在这里给威尼斯人丢脸。"

玛窦说："马可仅仅是试一下，当地的鸦片治疗肺结核疼痛很有效果。"

从此，马可天天吸食鸦片。

……

波罗家族没有被旅途的千难万险所阻挡和吓倒，却败给了鸦片。

"不行！我不能就此沉沦……"马可痛苦万分。他痛下决心，戒掉毒瘾。马可被鸦片毒瘾折腾得死去活来，开始是恶心，然后是浑身出汗，接下来是呕吐、腹泻，再接着是食欲减退、焦虑和情绪波动。

叔叔玛窦说："染上毒瘾容易，戒掉毒瘾需要毅力。"

转眼间，波罗家族在这个地方已休整了一年多。

一天，马可对父亲尼古剌和叔叔玛窦说："我已经戒掉毒瘾了！"原来，高山地区空气清新，对人类的身体健康非常有益。附近染上毒瘾的人，家人都会把他们送到高山地区来戒毒瘾。一般在山上住一段时间，他们都会康复。

第二年春天，波罗家族休整之后，又开始重新出发，去寻找属于他们的梦想。

　　当年轻的马可离开巴达赫尚的时候，已经从一个无知少年逐渐成长为一个经验丰富的旅行家。

第四章

≈

大漠惊魂

盘羊和女人

时间在一年三百六十五个日出日落中慢慢滑过指缝儿。波罗家族三人的行程不知不觉间已经比原计划整整晚了一年。

"父亲，我们可是比原来的计划晚了一年多了。"

"马可，没关系。虽然我们晚了这么长时间，但你最终还是戒除了毒瘾，我们是值得的……"

波罗一行三人离开威尼斯两年了，一直到他们离开阿富汗，才开始了他们真正意义上的东方之旅。

他们到了一处海拔更高的地方，山高云淡，空气稀薄。但是，这里并不荒凉。从蓝蓝的天空到高高的山峰，再到一望无际的草地，到处都充满生机。

在一个海拔很高的地方，还可以看到动物在奔跑、跳跃和追逐。

"马可，快看，山顶峭壁上奔跑的是盘羊……"

叔叔玛窦兴奋地伸出右手指给马可看。

"一只、两只、三只……哇！有一百多只呢，"马可兴奋地叫起来，"不！又过来一群……翻过山崖还有一群……"

"不只是一百多只，少说也有几百只。"

尼古剌用手遮挡一下阳光，眯缝着眼睛一五一十地数起来。

玛窦告诉马可："盘羊喜欢群居，通常一群就有四五百只，甚至七八百只。"生活在高山地带的盘羊，头上有两只弯弯的角，像生活在这里的女人盘起来的长发，很受当地猎人喜欢。

"这里的猎人都是十分出色的弓箭手。因为这里衣料非常稀缺，所以，人们都用兽皮来缝衣裳。"尼古剌停顿了一下，说，"这里只有富贵人家的女子才可以穿得起布料衣服。"

马可听了父亲的话，点点头。

这时候，有几个当地的女人从波罗家族三人身边经过，这些女子看上去都非常漂亮。

马可呆呆地望着远去的女子，心中一种莫名的感觉油然而生。这几名女子穿着棉布做的衣服，裤子都拖到脚面，看上去和男装十分相像。

这里的女人身上一般都佩戴着装着麝香的香囊，所以，她们经过的地方，都会有一股沁人心脾的香味。

叔叔玛窦告诉马可："这里的男人都喜欢健硕、丰满的女人。在他们眼里，臀部丰满的女人才算得上是美女。所以，你看这里的女人都喜欢把自己用密密匝匝的布料缠起来，这样，可以突显自己丰满的臀部……"

"哈哈哈哈……"

年轻的马可大声笑起来，爽朗的笑声回荡在遥远的山间。玛窦知道，马可自从戒除毒瘾后，一说到女性总是有一些保守，也有一些拘谨。但是，他必定还年轻。不管他多大，在父亲和叔叔面前，永远都是一个孩子！

说说笑笑中，行走在高原深处的波罗家族三人，已经走了半个月。

路遇美女只是美好的一瞬，伴随他们的永远是艰辛、寂寞的旅途。

波罗兄弟的驼队到达一个叫沃沃省的地方，这里面积并不是很大。在这里稍事短暂停留之后，他们又沿着崎岖山路继续东行。

行进的路几乎都在高山峻岭中，马可一行明显感觉到这里空气稀薄，需要大口、大口喘气……

马可喘着气说："父亲，我们这段路程走起来怎么这么吃力？"

"马可，我们这是已经行走在帕米尔高原了。"父亲回答。

"是啊，帕米尔高原。"叔叔也补充道。

马可继续追问："帕米尔是什么意思啊？"

"帕米尔的意思是绵延起伏的高山牧场。"父亲答道。

帕米尔高原

帕米尔高原因为海拔高，气候一年四季都十分恶劣。当地人告诉马可，帕米尔高原最适宜旅行的季节是干燥的夏季。

夏季的帕米尔会像一名魔术师，顷刻间就变成了一个美丽、富饶的牧场，处处充满生机。帕米尔高原林木稀少，水源匮乏，地表水主要是雪山冰川融化的雪水。

这里海拔高，太阳直射，紫外线强烈。在这里烧水，很难烧开。马可做饭也常常做个半生不熟。

帕米尔高原艰苦的旅行条件，真正地考验了波罗家族，他们需要有极强的毅力和耐力。

"玛窦叔叔，你说这么艰苦的地方，为什么当地牧民能够在这里幸福地生活呢？"

玛窦笑了，说："他们长期在这里居住，实际上已经适应了这里的环境。坚强的游牧民族数百年来祖祖辈辈都生活在这里。说起来话长了，当年，忽必烈的祖父成吉思汗就是沿着这条路，开始他的征服之旅的。"

"是啊，成吉思汗确实是伟大的人物！"

路，在旅行者面前，总是会越走越远。

波罗一行三人走啊，走啊……即将走到人困马乏、绝望的时候，一个世外桃源在他们面前出现了。

这是一个容易让人联想到天堂的地方，其实，是地球这个造物主留给人类的瑰宝。在两山之间有一片水草肥美的辽阔的牧场，其中还有一个美丽的湖泊。这里应该是一条大河的源头。最不可思议的是，无论世界上哪里的马匹、驴和骆驼，只要吃上一口这里肥美的水草，用不了几天就会膘肥体壮。

波罗家族把马和骆驼停下来，让这些伙伴在这里吃饱喝足，尽情享受这里的阳光、草原和甘甜的水……

尼古剌对马可说："马可，我们要在这里进行短暂的休整，要把马和骆驼养得膘肥体壮，要把所有的水袋都装满水。"

他们默默地告别了这里，踏上了遥远、艰辛、坎坷的旅途……当他们接近塔克拉玛干大沙漠边缘的时候，远远看到了这个沙漠西部边缘的绿洲——于阗。这里是"丝绸之路"最重要的一个驿站。

一路东行

他们刚刚上路第一天，就看到路边到处是动物的尸骨。

大漠深处到处都是白茫茫、阴森森，飞沙走石，让马克不寒而栗。沙漠中的气候变化大，昼夜温差极大，一天之内气温变化有几十度。行走在这样的沙漠地带，常常让人感觉到口干舌燥。有时候，还会出现沙漠症状，感觉不知道自己身在何处。沙漠的海市蜃楼现象常常使人误入歧途，导致因干渴而死亡。

马可问父亲："于阗是不是陆地上离海洋最远的地方？"

尼古刺答道："是啊！你看看地图，这是离海洋最远的内陆。"

尽管这里离蒙古帝国十分遥远，蒙古帝国大汗却把佛教教义传播到这里。

于阗也是忽必烈时代的一个佛教中心。尽管马可一开始对佛教还有一种排斥心理，但是，到了于阗之后，他接受了佛教教义，理解了人们对宗教崇拜的千种万种理由。

积累了穿越帕米尔高原的经验，马可渐渐地学会了适应和应对旅途中的各种情况。

为了弥补在巴达赫尚失去的时光，马可一行只是在于阗短暂停留，补充一些粮食、蔬菜和肉食后，就重新出发。

一路驼铃，一路风景！

大自然把一条大草原横亘在广阔的土地上，这片辽阔的草原被俄罗斯人称作大草原，成了西方通往东方的纽带。西部草原从多瑙河畔，一直延伸到西伯利亚的阿尔泰山脉。这里一到春夏之际就绿草如茵。草原上，处处流淌着清清的溪流，空气湿润，微风轻拂，是名副其实的马儿的天堂。这一大片水草肥美的草原，为来往于东西方的商人创造了一个良好的通行环境。

"玛窦叔叔，我们面前这片大草原一直通向哪里？"

旅行经验丰富的玛窦，放眼望了望太阳升起的东方，和马可开玩笑说："……这片草原会一直延伸到我们的目的地东方蒙古帝国的境内。"

马可听了叔叔玛窦的话，高兴得手舞足蹈。

"我们有希望了！我们就快到达了——"

其实，马可不知道，之后的自然环境会越来越糟：这里没有高大的山脉做屏障，一年四季都要经受西伯利亚寒冷季风的侵袭。一季寒风袭过，草原牧场就会变成干枯的荒漠。草原一旦变成荒漠，草原深处的血脉，那些往日淙淙流淌的溪水，就会干枯、断流……这就是看似恬静，实则凶险的西伯利亚东部大草原。

波罗家族东行离开于阗之后，大约一个星期左右就到了穆斯林聚集的培因州。

马可行走在这里的时候，发现这儿的一条河流里，有许许多多的青年男女在采集一种红色的宝石。

那些年轻漂亮的姑娘看上去个个宛如仙女，身材高大、皮肤白净，还长着一双会说话的大眼睛。

年轻的马可有时候常常被当地这些漂亮的姑娘吸引得魂不守舍。

"马可，看看头驼身上负重是不是平衡？"父亲尼古刺看得出儿子马可的心思，忙着招呼马可。

"孩子，要想干大事儿，一定不要分心费神去想别的事儿。"

"记住了，父亲。"

"……"

马可已经预感到，在一片似锦的繁华过后，他们的旅途会更加艰辛和危险。

当波罗家族行走在一个叫车尔成的地方，马可发现这里的百姓总是在去往东西方的道路上。这些百姓有的是在旅行，有的是在迁徙。

"父亲，这里的人们为什么总是来来往往？"

"是这样的，从成吉思汗那个朝代开始，蒙古汗国为了巩固自己的疆域，拓展自己的地盘，就多次洗劫这座城市。"

"是有点太残酷了！"

"为了躲避这些蒙古人的侵略，当地人常常会带着自己家中的所有物品连同他们的儿女迁徙到别的地方。他们穿越沙漠，去寻找肥美的牧场，到一个有水源的地方重新建设自己的家园。"

"如果洗劫的士兵撤离了呢？"

"那时候，他们也许会回到自己的家园，也许就栖息在新的地方。"

"……"

波罗家族三人在茫茫的沙漠里行走了好多天。一旦发现了绿洲，他们就会停下来，做短暂的休整。

年轻的马可一旦有停歇的机会，他就高兴地释放出一个年轻人的天性。他总是兴奋地又唱又跳，手舞足蹈。一有时间，他还会在帐篷里阅读自己从威尼斯带过来的书籍，或者是学习蒙语和汉语。

尼古剌看着一天一天长大的儿子，心里美滋滋的。有时候，他在睡梦里还呼喊着儿子的名字："马可！马可！"

"父亲，你做梦了吧？"马可一轱辘坐起来，揉揉眼睛，发现天还没有亮。他总是习惯地走出帐篷，观察天上的星星。

他知道，他们已经到了罗布了。这里有一个罗布泊，很早很早以前是一个盐湖，现在已经干涸了。

据说，旅行人一旦进了罗布泊就很容易迷失方向，或者会遇到危险，或者因干渴而死亡……

罗布沙漠

罗布是位于沙漠边缘的一座城市，到了这里，就已经进入到罗布沙漠地带了！

一进入沙漠地带就看见一个又一个巨大的沙丘，横卧在沙漠里。四季的西北风像一个调皮的孩子，把沙漠里这些巨大的、山一样的沙丘，像踢球一样，踢过来，踢过去。

巨大的风具有非凡的魔力。这些风可以把沙漠里的一草一木在一夜之间埋藏得无影无踪。

白天还是一片平地，早晨起来就可能成为一座巨大的沙丘。行走在罗布沙漠里，偶尔可以看到干枯的胡杨树枝和那些一丛丛的骆驼刺。这是一些生命十分顽强的树木，它们的存在和生长，常常给沙漠中行走的人带来希望。

叔叔玛窦有着丰富的沙漠旅行经验，他看了看天气，对马可说："我们得选一个有水源的地方，休整一段时间。我们要穿过罗布沙漠大约要用一个月时间。"

"好。我们要在休整阶段准备充足一个月的水……没有水，我们的旅行那是不可想象的。"

夜深了，圆圆的月亮挂在天上。

马可辗转反侧，翻来覆去怎么也睡不着。望着日渐老去的父亲，他眼前浮现出旅行中的一幕一幕——

尼古剌、玛窦和马可三个人，在去往东方的路上苦苦跋涉。

帕米尔高原那茫茫苍苍的群山间，连一只飞鸟都看不到。高原上根本没有可以挡风遮雨的地方。当时正值冬天，常常会遇到暴风雪和雪崩。马可忍受着寒冷，一路走着，顶着暴风雪和随时可能发生的危险，凭着坚韧的毅力，顺利地翻越了帕米尔高原。

"丝绸之路"偏远的戈壁沙漠绿洲中有一处寺庙。马可在与佛教徒相处后，阅读了一些佛教书籍，他逐渐接受了佛教教义。

崎岖不平的塔克拉玛干沙漠是"丝绸之路"最艰辛的一段

路程，其名称的含义就是"不归之路"。

　　他到了于阗，这个南疆最南端的重镇，看到了古老的造丝过程……还发现了不会被烧坏的神奇布料。

　　继续向东，马可·波罗父子三人遇到了他们此行最艰难的挑战。

　　马可想到这里的时候，迷迷糊糊中，不知不觉地睡着了。

　　大约一个星期以后，波罗家族开始了徒步穿越罗布沙漠。

　　举目望去，狂风洗劫之后，到处是一片黄色砂砾。

　　刚开始进入罗布沙漠，波罗家族三人就经受了一场沙漠飓风。一时间，狂风大作，飞沙走石，天昏地暗。风暴卷走了原来平坦的沙地，平地变成了深深的沟壑。风暴和昼夜几十度的温差，考验着马可一行和负载旅行货物的马匹、骆驼。

　　渐渐地，沙漠上的风暴停止了。整个罗布沙漠恢复了往日的平静。

　　马可从父亲口中知道，沙漠最可怕的不是沙尘暴，更不是沙漠野兽的出没，最可怕的是沙漠蜃楼的幻景。这种幻景常常把旅途中的人那本来就已经疲惫的身心彻底摧垮！

　　"沙漠的鬼魂会想方设法地接近旅行者，等他们产生幻觉后，就会引导他们进入沙漠深处，最后，把他们置于死地……"

　　"父亲，这种沙漠蜃楼幻景这么可怕呀？"马可被父亲的描述吓得打了一个冷战。

　　的的确确，马可已经感受到了夜晚沙漠的可怕：常常会在寂静的夜晚听到帐篷外传来鬼哭狼嚎的声音，甚至会呼喊他们的名字。这时候，意志不坚定的人就会循声而去。这样，他们就会陷入沙漠的魔咒，死无葬身之地。

"太可怕了……"马可越想越有一些可怕，不知什么时候迷迷糊糊睡着了。

波罗家族属于旅行经验比较丰富的旅行家、探险者。他们积累了丰富的沙漠旅行经验。

"大家都要记住：我们穿行在沙漠上的时候，不管白天还是黑夜，都要格外小心。任何情况下，我们波罗家族三人都不要分开。马可、玛窦，你们都要记住，给马、驴和双峰骆驼系上铃铛。铃铛一响，不管是白天，还是在黑夜，清脆的铃铛声都会使我们精神振奋，不至于昏昏欲睡，神情恍惚，被沙漠蜃楼幻景和夜晚可怕的声音迷惑。"马可和叔叔点点头，表示记住了父亲尼古剌的嘱咐。

马可走着、看着，感觉面前的罗布沙漠太大了。一旦在这么大的沙漠中迷失了方向，必死无疑，就是不死，也会被活活饿死，或者渴死。

他一想，感觉这沙漠旅行太可怕了！

怪不得波罗家族三人开始进入罗布沙漠的时候，当地人告诉他们，罗布沙漠也叫"塔克拉玛干"，意思是"进去出不来"。年轻的马可当时以为是当地人和他们开玩笑。

夏天，在三十多度的高温下，地上的沙子会烫得双脚发痒、发烫。白天烈日炎炎，不能行走，只好夜间行走。

但是夜间行走时，如果你不小心掉了队，便会听到沙漠鬼魂的声音。千万不要以为这是朋友在呼唤你，如果是这样，就会被沙漠鬼魂引入绝境。

波罗家族三人在塔克拉玛干沙漠苦苦行走了两个月。他们齐心协力，携手并肩熬过了这段艰苦的旅程。

哈密女人

波罗家族在茫茫无边的沙漠中旅行，一天下来就疲惫不堪。一到晚上，尼古剌就负责察看休息地附近有没有绿洲和水源。

尼古剌经验丰富，他可以清楚地记住上一次旅行经过的地方，可以从沙漠的环境和晚上北斗星的位置，推测出他们要寻找的绿洲、水源和道路。

玛窦和马可主要负责从随行的马匹和双峰驼身上卸下负载的货物，安顿好马匹和双峰驼的饮水和草料。

之后，两个人会选择一个避风的地方，在马匹和骆驼附近搭建临时住宿的帐篷。

一天，波罗家族在天黑前发现沙漠中有一块绿洲，远远望去，仿佛到了家一样。

父亲马古剌告诉马可："这个地方属于蒙古汗国的领地，名叫哈密，毗邻唐古忒特。"

玛窦一边眯缝着被风沙眯了的眼睛，一边接着说："哈密的女人个个貌美如花……"

马可早就听父亲尼古剌说过旅途中经过的哈密。哈密人真诚、善良，对经过的来往旅客都非常热情。不管他们是贫穷或者富贵，只要有过往的旅人到来，都会毫不吝惜自己的食物和美酒。

当时，这里的男人每天只知道尽情享乐，他们在葡萄架下弹奏乐器，身边总会有花枝招展的美丽姑娘翩翩起舞。不喜欢热闹的男人则或者读书，或者习字，或者和情投意合的女人打情骂俏。

当地人喜欢远道而来的西方人。西方人那高高的鼻子，俊朗的面貌，常常让这里的姑娘春心荡漾。这里有一种风俗，如果远道而来的客人来家中借宿，男主人会热情接待来客，还让家庭主妇或者他的妹妹、女儿和其他亲戚悉心照料远方客人，有时候他们还会一再挽留来客在家中多住几日。

……

当波罗家族来到这里的时候，年轻的马可十分受当地姑娘们的喜欢。她们常常主动邀请马可加入她们的游戏当中。

这里的人生活幸福美满。这里的女人对她们的丈夫百依百顺，生活和和美美。

同时，来自世界上其他地方，有着不同的文化、习俗和信仰的人也渐渐地与这里的人们融合。

马可在这个地方住了一段时间才知道，蒙哥汗曾下令，这里的人禁止同其他民族通婚。

"蒙哥是谁？玛窦叔叔。"马可疑惑地问道。

蒙哥汗的夜晚

玛窦叔叔告诉马可："蒙哥是成吉思汗的孙子。他1251年即位……"

马可听了点点头。

蒙哥这条禁令在哈密实行了三年，当地居民非常不满。

这里的人们用哈密的最高礼节，派出使者，带着丰厚的礼物，去拜见蒙哥汗，向蒙哥汗哭诉了他们所遭受的种种不幸……

蒙哥汗接待了哈密的使者，听了他们的请求，对这里的人们表示同情。蒙哥汗最后说："既然你们希望恢复原来的习俗，那你们就随便吧！"

哈密使者回去不久，就废除了禁令。

大家听到蒙哥汗废除了禁令，都高兴得奔走相告。

……

离开哈密后，波罗家族三人用了半个多月的时间，又穿越了一个小沙漠。

当他们又到了一个地方之后，在一个村庄看到了一种令他们瞠目结舌的东西：一种很薄很薄的布。这种布在熊熊燃烧的大火中也不会燃烧。

"父亲，你看这种不怕火烧的东西是什么?"

尼古刺拿起来这种薄布，摇摇头，他也不能确定是什么东西。

夜深了，当地的人们在十分宽阔的场地上，用柴火点燃熊熊大火，给来自遥远欧洲的旅行者表演用薄布灭火的游戏。

当熊熊火焰把整个夜空照亮的时候，夜空中悬挂着的白月亮也变成了红月亮。

"呀，白月亮变成了红月亮?"

"是啊，是啊……"

"……"

只见一位勇敢的舞者把身上的一块普普通通的布扯下来，蒙在熊熊燃烧的大火上。顷刻间，大火就被这一块小小的薄布熄灭了!

空旷的场地上响起了呐喊声和尖叫声。

"父亲，这种能够灭火、不怕火烧的薄布是什么东西呢?"

父亲摇摇头，说："也许是当地人的一种巫术吧……"

马可在心中画了一个大大的问号。

一直到他们离开这里的时候，马可才弄明白：原来可以阻燃的薄布是这里出产的一种宝贝，当地人称作"石棉"。

病魔缠身

波罗家族一行三人离开这个出产神奇宝贝的地方后，昼夜兼程，到达了一个叫甘州的地方。但是马可再一次病倒了！

这一次，马可是实实在在的病加上旅途的劳累。他先是上吐下泻，吐完之后，是高烧。高烧烧得他眼前出现幻象，然后是说胡话："妈妈！妈妈！我要回家！"

"说胡话了，马可。父亲在这里，这里就是我们的家。"

"你不是我的母亲，你不是索菲亚……"

叔叔玛窦不停地用湿毛巾给马可降温。尼古剌赶紧去给儿子找当地的大夫。

马可喝了中草药，高烧退了，也不再说胡话了。可是，他的病并没有明显见好。

就这样，马可一直待在帐篷里，叔叔一直陪在他的身边。

父亲尼古剌没有办法，只好在甘州停留。他在这里做起了生意。

几个月过去了，马可一直没有痊愈。叔叔和父亲要一起去做生意，没有办法，马可只有自己照顾自己了。他们有着丰富的经商经验，生意做得很不错。

一直到了这一年的冬天，马可的身体才逐渐康复。

这个时节，中国北方的冬天寒风袭来，开始下起了大雪。整整一个冬天，甘州大地被大雪变成了童话世界。

一直到一年后的春天，马可才痊愈。波罗家族三人又开始了他们的旅行。

到达了沙漠边缘的阿克赛，波罗家族遇到了一些哈萨克游牧人。

这里的女人、孩子都穿着艳丽的服装，人们跳舞都不需要音乐。看到远方朋友到来，牧羊人把肥硕的羊送过来，举行了一个庄严的祈祷仪式。

这个时候，马可个子已经长高，成了一个大小伙子。

当他们到达敦煌的时候，马可还亲眼目睹了敦煌的杀羊仪式。

这一天，河西走廊的天格外蓝，蓝蓝的天空好像一面镜子。蓝天上，偶尔有几只雄鹰盘旋……

波罗家族一行三人来到万里长城终点嘉峪关的时候，似乎从这里看到了东方的曙光。

之后，他们又途经酒泉、张掖，还有宁夏等地。

蒙古草原水草肥美，这里的骏马使马可大开眼界。数以万计的骏马奔腾在一望无际的草原上。在这里，军队赶赴战场不需携带战马的粮草，战马靠草原肥美的水草就吃得膘肥马壮。

　　波罗家族再一次出发，已经是1274年。这个时候，马可已经二十岁了。

　　1275年夏天，波罗家族终于抵达了上都……

　　（注：上都，故址在今内蒙古正蓝旗东闪电河北岸。）

第五章

〰

草原传奇

诚而有信

1275年春天，蒙古草原阳光灿烂。绿油油的草原上各色鲜花竞相开放。绿色的草原到处点缀着枣红色的骏马，还有洁白如天上白云的羊群。

这个春天波罗家族终于到达了本次出使旅行的终点——元朝上都。

马可终于和他的父亲尼古剌、叔叔玛窦抵达元朝上都，准备觐见元世祖忽必烈。

觐见大汗之前，波罗家族三人按照元朝的规矩，要进行更衣沐浴。每个人都按照蒙古人的风俗佩戴上一条雕镂精美的带子。尼古剌告诉马可，这条带子是上朝觐见大汗忽必烈的标志。

大汗的宫门金光灿灿，到处镶嵌着翡翠。

尼古剌和玛窦不时躬身向来往的官员礼节性地打招呼。进出大汗内宫都要脱鞋，并且把靴子提起来，才能跨过门槛。宫内两侧的官员按官品的大小、高低，依次排列。

忽必烈坐在高高的皇位上。他看上去身体魁梧，面容祥和，上唇蓄着一抹微微下垂的胡须。忽必烈穿着一身丝绸龙袍，看上去金光闪闪，戴着皇帝的冠冕，头后还留着两条长辫。坐在皇帝宝座上的他泰然自若，不露声色，双眸炯炯有神，注视着一步一步向他走来的波罗家族……

1256 年，忽必烈营建城郭宫室于滦水北。1260 年，忽必烈即帝位于此，称开平府。后开平府作为上都。

上都周围修建着高大的护城墙，长达数十公里。都城有六座巨大的城门，每座城门就是都城的一座战略碉堡。

波罗家族进城的时候，两侧都是全副武装的蒙古卫士，卫士们持刀操矛，高声吆喝，以示欢迎来宾。

上都其实是一个非常独特的城市。这里位于草原中心，碧草如茵，花香蝶飞。都城建成时间不长，但是，居民已经有数十万。城中居民除了蒙古人，还有汉人、契丹人、女真人、波斯人，还有少数阿拉伯人、印度人。行走在上都城，街上行人如梭，穿着五颜六色。虽然这些人民族、宗教、信仰各不相同，但是大家在一起和和睦睦。

上都每一条街道都干净整洁，人流熙熙攘攘，成群结队的骏马，一队队的骆驼，还有行进中的马车和帘门紧闭的轿子。

远远地就可以听到商业街上，商人们的吆喝、叫卖声。随处可见络绎不绝的中外商人在货摊前交易。平民百姓都穿着宽大的长布袍，或者穿着短裤，达官贵人则身着刺绣精美的大褂、长袍，佩戴着精美的帽子和头饰。

上都城里面其实还有一座皇城，皇城由白石头垒砌，高高的城墙和外城差不多高。宫殿高高的金顶上，飘扬着蓝色的锦旗，代表着忽必烈大汗的无限权威。

平时，要出入内宫，必须要出示大汗颁发的金牌。

护卫军见是从西方归来的特使，便准许波罗兄弟带着马可觐见大汗忽必烈。

马可一行在一名手持金杖官员的引导下，来到大汗忽必烈面前。马可跟在父亲尼古剌和叔叔玛窦的身后，模仿着做每一个动作。他看到父亲尼古剌把身子慢慢躬下，前额着地，感觉这些宫廷礼节很是烦琐。

"平身……"忽必烈边说边用双手示范平身。尼古剌和玛窦抬起头，但是仍还跪在地上。

"你们经过近十年漫长岁月，一路艰辛，终于又回来了，欢迎你们。我一直都很担心你们的安危……波罗家族是我忽必烈的朋友，诚而守信！"

"大汗说中了，我们正是因为疾病耽误了宝贵的时间，伟大的汗！"

"这是你们没有给我带来一百名高明的传教士的原因吗？"

玛窦接着哥哥尼古剌的话，吞吞吐吐地说："罗马教皇之所以没有派遣百名传教士，是因为新教皇刚刚登基。"

尼古剌说："大汗陛下，我向大汗保证，罗马教皇已经向大汗伸出双臂，愿意与蒙古帝国建立友好关系。"

尼古剌边说边从上衣口袋中拿出一个卷筒信函："这是教皇陛下给圣上捎过来的书信，教皇致以兄弟般的问候……"

忽必烈听到尼古剌转述，教皇称他为兄弟，感到很惊讶："基督教徒之间不管是达官贵人，还是普通百姓都是平起平坐，称作兄弟？"

尼古剌看到大汗高兴，接着说："我们波罗家族三人，尽管一路艰辛，九死一生，但还是保存下来教皇送给大汗的礼物……"

马可一直跪在地上，此时，已经感觉双腿既酸又麻。但是，他一直注视着父亲的一举一动。

他看到父亲的手势，就跟着笨拙地向前移动。他站起来，捧出一个精美的小匣子走到父亲面前。他和大汗忽必烈一对视，感觉大汗犀利的目光冷森森，赶忙跪在父亲身边。

"作为基督神的祝福，教皇陛下给圣上捎过来一份从耶路撒冷圣墓前长明灯盏中取出来的灯油……"

大汗宫廷里的人们顿时鸦雀无声，因为在蒙古人的心中，神灯充满魔力。

"这确实是从你们基督墓前圣灯盏中取出的灯油吗？"忽必

烈突然问道。

"千真万确，伟大的汗！"尼古剌耐心地解释，"陛下的金牌证明了我们波罗家族是东方蒙古帝国忽必烈大汗的特使，我们有了大汗的金牌就可以一路畅通。"

玛窦说："我们遇到异教徒或者征战的双方，总是会化险为夷，这都归功于我们身上有这些圣灯的灯油。它们有着巨大的魔力……"

忽必烈用手习惯地捋了捋鬓上的胡子说："这确实是一件伟大的礼物。我看见波罗兄弟带回来你们的同族……"

尼古剌看见大汗很是高兴，接着说："伟大的汗，这是我的儿子——马可·波罗。他从耶路撒冷开始，就一路保护着送给您的圣灯灯油。……我的儿子，也是大汗的奴仆。"

"很好。如果马可·波罗也像你的父亲和你的叔叔一样，我会很高兴的。他有多大年纪？"大汗问道。

"二十一岁。"马可机灵地用蒙古语回答忽必烈。

大家都非常惊讶，尼古剌有这么一个好儿子。大家都看好马可，都喜欢这个英俊的青年。宫里的人们一片叫好，忽必烈也忘记了这是在皇宫。大家都开心地笑起来，忘记了琐碎的礼节。

"你们一定要把教皇给大汗的信翻译出来……"忽必烈大汗身边的文官看大汗喜欢马可，倒是有一点不愉快。

马可看到父亲尼古剌点点头，他才同意和大汗宫中的文官一起去翻译教皇的信。

　　马可刚要起身离去，父亲尼古剌提醒他："觐见大汗后，要倒退着离开宫殿……"

　　马可大吃一惊，立刻转身退出，又向大汗鞠躬。

　　忽必烈目送着这个年轻人，嘴角露出了一丝微笑。

君子之约

　　忽必烈非常喜欢狩猎，这是从小生长在蒙古草原的他热衷的一项娱乐项目。作为一国之君，能够在繁忙的朝政中适当挤出一些时间从事自己喜欢的运动是一件乐事。

　　这天，他依旧要按已经订好的计划去狩猎，却因为天气突变，要临时停止了。

　　这时候，马可对忽必烈说："根据我观云识天气分析，天气很快即将好转，大汗稍稍休息后就可以狩猎……"

　　"好，那我们就稍稍休息一会儿，看看天气怎么样，能不能好转。"大汗说道。

　　果然，没有过去多长时间，天气渐渐转晴，乌云散去。从云层中渐渐出来的太阳分外明亮。

　　这时候，只见忽必烈大汗的儿子真金骑在一匹白色骏马上，朝马可飞奔而来。

真金是忽必烈大汗非常非常宠爱的一个儿子，可是这个儿子却患有一种病。他的病一旦发作，腿脚抽筋，四肢不能自持。真金的病，也成了大汗的一块心病。

马可赶紧迎上前去，真金示意马可站在那里，马可鞠躬表示敬意。原来，真金表示要和马可进行一下骑马比赛。简单说了一些骑马的规则，他们就一人骑上一匹骏马，准备起跑。

真金是草原的儿子，从小就在马背上长大，骑术要高于马可。

马可和真金纵马奔驰，连续奔跑了两三个小时。当他们感觉有一些累的时候，相视一笑，用双手勒紧马缰绳，把马停到一棵树下。

真金的仆人赶紧双膝跪地，把水袋中的水递给真金。真金并没有感到口渴，摇摇头，摆摆手，没有喝水。递给马可的水，马可"咕咚、咕咚……"喝了个痛快。

"马可，你看……"真金说给马可看的时候，只见丛林中窜出一只野猪。真金马上呼喊狩猎队的武士围歼野猪。大家齐声呐喊，呼喊声、叫嚷声，在丛林中回荡。

因为围猎的人很多，马可和真金都没敢对着野猪拉弓射箭。

突然，马可看见真金"啪嗒——"一声把弓箭丢在地上。真金双手抓住自己的喉咙，好像很难受的样子。他翻着白眼儿，发出一声声痛苦的喊叫，敦实的身体重重地砸到草地上。

"真金，你怎么了?"马可十分慌张，不知道真金得了什么病。

马可从马背上跳下来，看着自己的朋友身体僵直，腿脚僵硬，两只手臂不停地在摆动，嘴巴歪斜，口吐白沫……

马可跪在真金身旁，看着他来回翻滚。他把自己的佩带塞到真金的嘴里，尽量不让他咬烂自己的舌头。

不一会儿，狩猎的人陆续赶来。马可让大家做一个简易担架，好把真金抬回皇宫。可是，大多数人都害怕得悄悄溜走了，只有一个忠厚老实的宫内随从站在真金身边。

"赶紧过来，郑宝，我们先把真金抬回宫里。"

"啊……不……不敢……"郑宝边说边后退。

不管马可怎么和郑宝解释，郑宝都不敢上前。说着说着，郑宝也跑掉了。

没办法，马可一个人抱着真金，艰难地支撑起真金。他想，不能再让真金受伤了。真金渐渐地平静了下来，身体不在扭动了，只是不时地颤抖几下。

马可扯开真金的衣领，摸着他的额头，湿漉漉的。

"现在好些了吧，我不会离开你的……"马可安慰真金。

"马可，只有你才是我真正的朋友。"真金有气无力地对马可说。

马可继续安慰道："不要说这些，谁见到都会施救的。"

"……"

过了好大一会儿，御林军巡逻队的快马才赶过来。他们一看到这种情景，上来两个人就瞬间扑倒马可，将马可十分粗暴地拖开。

几乎是在一瞬间，这些御林军就把皇太子真金围住了，霎时，现场杀气腾腾，剑拔弩张。

御林军无数双眼睛像无数把利剑一样，向马可投过来。

这时候，一名士兵一把抓着马可的头发就往外拉。另一名士兵甚至抽出了宝剑，准备要砍掉马可的头……

真金阻止了这一切。

看见皇室的人来到现场，马可才松了一口气。

回到皇宫，马可被忽必烈大汗叫到皇宫内室。这里只有他们两个人。

马可面前的大汗像一只老虎一样，双眼怒视着单膝跪地的马可。

忽必烈质问马可："真金摔下马来之后呢？"

"我把佩带塞进他紧咬着的牙齿间，以防他把舌头咬烂……"

这时候，忽必烈大汗怒气冲冲地说："你来之后，宫内有人对你说过我的儿子真金有这种病吗？"

"没有。伟大的汗。"马可镇定地答道。

"那你知道我儿子患的是什么病吗？"大汗追问。

"我在威尼斯上学的时候，一个同学得过真金这样的病。那时，我常常见他犯病，老师告诉过我们怎样处置……"

这时，忽必烈不再怒吼，而是静静地听这个年轻人说话。等马可讲完，忽必烈一个人转过身，背对马可自言自语："我的儿子真金，最近一次感到自己的病要发作，就来到我面前。那一次，只有我和他在一起。除了他母亲以外，还没有人知道他患有这种病，甚至真金自己都不知道自己得了这种病。你懂得，我儿子的病是天大的秘密。外人都以为他的病早就已经痊愈了。这也是皇室中最大的秘密……"

"正如大汗说的一样，我的父亲尼古剌和叔叔玛窦都不知道太子真金的病况。"马可说道。

大汗郑重地说："告诉你，马可，太子真金的病况不要告诉任何人，包括你的父亲和叔叔。"

"伟大的汗，这个你放心。"马可停歇了一会儿，思考了半天，又对忽必烈说："伟大的汗，你知道，我想你是一个聪明人……我建议您不要再隐瞒这件事，纸是永远包不住火的。"

"嗯……你说得也许有道理。"忽必烈点点头，第一次明白了马可对他的真诚。

"大汗，也许皇室内外都知道皇太子的病，只是大家不说。"马可坦诚地说。

忽必烈听了马可的话，作为父亲第一次哀叹了一口气："也许吧，只是大家都同情真金不说罢了……"

"伟大的汗，一个人最难得的是自己了解自己，可以听进去不同的意见。"马可对大汗表示赞许。

　　"是啊，治理一个国家，需要倾听你这样的朋友的真诚的意见。"大汗语重心长地说。

　　"大汗这么信任我、器重我，我保证波罗家族一定会对大汗忠诚。"

　　"你在我的儿子真金需要帮助的时候帮助了他……"

　　"真金是我马可的朋友，我怎么能在朋友危难之际，放弃朋友？"马可坚定地说，"我在学校的时候，安东尼老师说过，世界上任何人都可能得病，得了病，就要勇敢面对。不是谁都愿意得病，得了病也没有什么害羞的。在古代，这种病被称为癫痫病，还常常被认为是一种伟大的标志呢。"

　　"我的儿子真金身上有伟大的标志？"忽必烈听了马可这一番话，感觉马可确实是一个知书达理、知识渊博、为人真诚的人。

　　"马可，从今天开始，你就是这里最尊贵的人。"

　　马可兴奋地给忽必烈大汗施礼，说："谢谢大汗，遵旨。"

　　忽必烈欣喜地说："马可先生，你是不是丢了佩带……"

　　马可说道："是的，当时为了救真金，可能弄丢了佩带。"

　　"哈哈，那就把这一条佩带送给你吧。"忽必烈说着，把自己腰间的一条银佩带送给了马可。忽必烈送给马可的这条佩带上镶嵌着一些红宝石，还挂着一个小巧的佩刀。马可接过忽必烈大汗的佩带，鞠躬致谢。

　　马可请求大汗，自己想去看望好朋友真金。忽必烈准许后，马可兴奋地去见了老朋友。

苦尽甘来

"真金、察必，今天我们要饮一杯奶酒！"大汗边举杯边说。

"大汗，今天有什么喜事？"察必高兴地问道。

"当年派出的西方教皇的特使波罗兄弟，历经四年，一路坎坷、磨难，今天归来……"大汗大声说。

"这是喜事啊。"察必随声应和。

"对啊，对啊。不仅仅这一件喜事，我最高兴的是波罗兄弟把他二十一岁的儿子马可·波罗带到我们蒙古来了。这位来自威尼斯的年轻人，可以称得上是一名青年才俊。他多才多艺，是一个可以用的人……"

"对呀，我们就需要这样既年轻，又有才学的青年。朝中将来可委以重任啊。"察必说。

生于1215年9月23日的忽必烈，此时正值人到中年，年富力强。当时，元朝正攻打南宋，戎马倥偬，忽必烈大汗正好急需人才。忽必烈见二十一岁的马可·波罗风华正茂，而且英俊潇洒，很是喜欢。

忽必烈的认可，是年轻马可生命中最关键的时刻。他虽然青春年少，可能再也不需要父亲和叔叔的搀扶，可以凭借他多年积累的经验和自己的能力，在这个世界上生存了……马可与生俱来就善于独立思考问题、解决问题。他的坚强不屈，正好是忽必烈所喜欢的。从马可这个神秘的西方年轻人身上，忽必烈看到了希望。忽必烈和马可既是主子和臣子的关系，又是朋友，甚至还像父亲和儿子……总的说来，就是马可很受忽必烈这个东方帝国大汗的赏识。

忽必烈是成吉思汗第四子拖雷的儿子。母亲克烈·唆鲁禾帖尼对忽必烈的成长起到了至关重要的作用。

忽必烈小时候，父亲成吉思汗常年征战在外，母亲便独自担负起抚养孩子的重任。母亲的养育，成就了忽必烈成年后的那种威严和宽容。

忽必烈的母亲是基督徒，所以，受母亲的影响，他对基督教的了解远远超出了欧洲人对这个蒙古帝国大汗的想象。

蒙古族大多数都信仰佛教，有一位叫海云的僧人，经常给忽必烈讲佛法。当忽必烈生下次子的时候，海云还给他取了名字"真金"。

忽必烈有四位妻子，对他影响最大的是察必。

忽必烈和察必是在1240年完婚的，当时他二十五岁。妻子察必信仰藏传佛教，她经常把一些珠宝、首饰捐赠给佛教寺庙。她还常常规劝忽必烈信仰佛教。

1259年，蒙哥突然离世。第二年，蒙古王宫贵族一致推举是年四十四岁的忽必烈继任大汗。

忽必烈即位后，同父异母的兄弟聚众造反，他以蒙古汗国的大业为重，一举消灭反叛军队。从此，国泰民安，天下太平。

察必和丈夫忽必烈一样，对数百年前的唐太宗非常感兴趣，察必常常鼓励丈夫在治国理政过程中向唐太宗学习，在汉民族中树立自己的威信。

马可的语言天赋也常常受到忽必烈大汗的称赞："马可，我看你这么有语言天赋，应该为蒙古帝国多做一些贡献，我任命你为钦差大臣……"

忽必烈授权马可去为朝廷工作，第一站是一个喀什的城市，距离大都约有六个月的行程。

第二天，忽必烈身着华丽的朝服，坐在大汗的宝座上。马可进来时，他示以微笑。

马可虽然有一些紧张，但是，仍然表现得彬彬有礼。文武百官呈半圆形在忽必烈大汗面前坐下。忽必烈仔细环视一下四周的文武百官，说："我想委任马可·波罗为驻喀什钦差大臣，你们如果有什么疑问，可以直接问马可·波罗。"

这时候，一名名叫八思巴的内政官员用他那一双鹰眼死死地盯了马可有半袋烟工夫。

马可在众目睽睽之下，聚精会神，争取准确而又简洁地回答文武百官的问题。

"马可·波罗，你说你和尼古剌、玛窦从威尼斯来共用了四年时间？"

"四年多。"

"你经过了哪些国家和地方？"

"经过了波斯、阿富汗、土耳其，还经过了河西走廊，沿着丝绸之路，途经各个城市、乡村、草原和沙漠，经历了伊利汗国和埃及的战争……"

"你说你因病停歇过一年，你把你的病因和痊愈过程说一遍吧。"说话的是一位屡建战功的将军。他能征善战，身材强壮。后来马可才知道这位将军叫阿剌罕，曾经作为蒙古帝国的元帅远征日本。

"我因病停留的那个地方叫甘州，通过全境大约要十二天路程……那儿属于高原地带。那里水草肥美，牛、羊、马、骆驼膘肥体壮。"

阿剌罕将军被马可的讲述折服，因为马可说得准确无误。听到这里，忽必烈大汗也频频点头。

最后结果是全员同意马可代表忽必烈大汗作为钦差大臣，履职巡视元朝的广阔疆域。

马可在临行前特地去见了父亲尼古剌和叔叔玛窦。

"父亲，我受大汗指派，要到喀什履职钦差大臣了……"马可兴奋地对父亲说。

"我都知道。马可，你很棒！"尼古剌没有说什么，而是把信任和自豪的目光投给自己的儿子马可。

"我们相信你会做得更好，相信你，你是威尼斯之子。大家会为你祝福，并以你为骄傲！"

叔叔玛窦狠狠地捶了马可一拳。

马可微笑着拥抱了父亲尼古剌和叔叔玛窦。

马可担负着元朝公使的重任离开上都，带着大汗的旨意，去遥远的地方履行使者的重任！

第六章

〰

元朝公使

大汗的公使

马可一行十几人从草原深处的上都骑着马和骆驼走了好几天，才到了大都。一路上，秋风一阵一阵吹过来，天上的大雁排成"人"字，渐渐向南方飞去。

天高云淡，望断南飞雁。

波罗家族经过四年漫长的旅程到达大蒙古帝国上都的时候还是春天，转眼之间，已经到了秋天。在威尼斯，这个季节应该是旅人归来的季节。

经过了夏天这个欣欣向荣的季节，在丰收的秋季商旅人家就盼着远行的家人平平安安归来。一艘艘扬着帆的船从遥远的东方地平线出现。一开始是一个个点儿，随着太阳的升起，这个点儿会越来越大、越来越大，最后一艘张满帆的船从朝霞中一下子钻出来，出现在海面上。

属于威尼斯的夜晚，常常是两个年轻人，一男一女，手牵手，并肩行走在水城威尼斯的大街小巷。经过一个冬天和一个夏天，到了秋天这个季节，他们的爱情成熟了。爱情这块土壤，可以播种、可以开花，还一定要结果。这是谁说的，马可记得母亲和姑妈都曾经说过。

母亲索菲亚的音容笑貌立刻浮现在马可的眼前。

"马可，你是威尼斯之子，你一定要成为波罗家族的骄傲!"

"母亲，放心吧……儿子不会让您失望!"

几天以后，马可和他的随从到了大都。大都是一个大城市，无论城市建筑布局，还是城市人口都远远超过了草原深处的上都。但是，因为大都住的几乎都是汉族人，蒙古人在这里定居的很少，所以，忽必烈大汗几次想迁都到大都，最后都放弃了。

大都虽然建都不久，但地面规划十分整齐，犹如棋盘，方方正正。

大都的故宫，宫顶很高，宫墙以及墙壁涂满金银，并绘有龙、兽、鸟、骑士的形象。

大都宏伟的城池、富丽的宫殿、繁荣的商业，让来自威尼斯小镇的马可赞叹不已。

马可一行在大都短暂休息了一下，就踏上了漫漫旅途。

马可一行刚刚到了目的地没多久，就开始视察民情。他们和地方官员刚刚进入一个村庄，就听见两个妇人互相大骂。

马可驻足静听一会儿,感觉这两个女人这样大吵大闹有伤风雅。

这两个吵架的妇人像两只疯狂的斗鸡,你骂我一句,我骂你一句。一个说对方是一个地道的泼妇,另一个说对方胡搅蛮缠,不要脸。

马可听了之后才知道,原来,这是妯娌两个,因为家中一件小事儿吵闹不休。

马可命随从把两个妇人叫到身边,盘问了一阵。这妯娌俩是因为家中九十岁的婆婆的赡养问题而吵架。老人的两个儿子在边疆戍边,常年在外,赡养老人只能指望儿媳,妯娌两个难免有隔阂……

"这怎么可以啊,赡养老人是我们做儿女的责任……兄弟戍边,建功立业。你们妯娌应该互敬互谅,怎么能吵吵闹闹?"马可劝道。

妯娌俩倒也聪慧达理,见一个个子高高,白皮肤、蓝眼睛的外国人都这样说她们,感觉自愧不如。

马克把自己的官饷拿出一些,送给她们用于赡养老人。

妯娌俩深受感动,一说起钦差大臣马可都感动得痛哭流涕。

……

马可经历的这件事虽小,但是,他的心灵却因此受到震撼。他想:元朝的疆域这么广阔,有那么多戍边战士,他们为国家,舍小家,多么值得人们敬佩。我巡视回去之后,一定要向忽必烈大汗禀告，戍边将士的牺牲精神是我们的一笔宝贵的精神财富。无论国家大小和贫富，我们都要善待戍边将士，让他们安心地守卫国家疆土，没有后顾之忧。

大约过了六个月，马可作为大汗的钦差大臣已经巡视完南疆。

一路风尘之后，马可马不停蹄地回到元朝的上都，面见忽必烈大汗。听了马可这个年轻的钦差大臣的汇报，忽必烈频频点头。忽必烈觉得这个年轻的意大利人的确是一个可以担负大任的人才。

大汗每次派出别的钦差大臣，都不能给大汗带回有用的东西，只有马可几乎把每天发生的和国家有关的故事都讲述给忽必烈大汗听。

马可对大汗非常了解，所以，每一次出去巡视，都能给大汗带回来新的东西。他会把沿途的所见所闻、异国他乡的风土人情都记在心里，写在出行日记中。

马可从小就有非凡的记忆力，他常常对那些偏远地区的风土人情回忆得十分详细。忽必烈就是马可巡视回来的第一个重要听众。大汗虽然忙于朝政，但是，十分关心国内情况。每一次，马可完成使命返回上都后，都会给忽必烈讲述许许多多令他感兴趣的话题，因此，长此以往，马可也就练成了一口绝佳的口才，也练就了非凡的讲故事和叙述的本领。

忽必烈大汗常常在朝会上说起马可："我们的文武百官都要

向马可学习。马可无论智慧，还是口才，都非常出色。"

忽必烈大汗对那些对国家发展做出贡献的各位将军和王公贵族从不吝惜钱财。他总是把黄金、精美银器和漂亮的珠宝等，作为奖品奖励给对国家有贡献的朝中文武百官。

元朝有严格的等级制度，百夫长颁给银牌，千夫长颁给金牌，万夫长颁给刻有狮子头的金牌，而统帅十万兵马的将领的牌上则刻有狮子、太阳和月亮。

忽必烈在赐给马可的牌上刻有："苍天保佑可汗权威！敬祝可汗万岁无疆！凡有违命者格杀勿论！"

作为忽必烈的使臣，马可和他的父亲尼古剌、叔叔玛窦，逐渐学会使用蒙文，还熟练地学会使用阿拉伯文、波斯文、中文和藏文，还有回鹘文。平时，他们主要使用蒙文。

岁月如梭，光阴似箭。转眼之间，马可已锻炼成长起来，成为忽必烈大汗的得力助手。

不辱使命

让我们把时间倒回到1275年。正是在这一年，马可一行经过四年艰辛的跋涉到了元朝的首都上都。

当时，忽必烈命令伯颜率领蒙古精兵强将攻打南宋。伯颜是蒙古八邻部人，他的祖父是成吉思汗的开国元勋，他的父亲是伊利汗国的忠臣。

大将伯颜精熟兵法，善于用兵。他的名字的意思就是一百只眼睛（伯颜百眼，殆因音近而有斯谣）。当时，民间有传说，除了有一百只眼睛的人，没有人能夺取宋朝铁打的江山。

"纯粹是胡说，一个人一双眼睛，怎么能有一百只眼睛？"当蒙古军队进军的时候，谢太后听说伯颜的名字正好与一百只眼睛谐音，已经预感到大宋朝气数已尽。

当时，江南早有童谣唱道："江南若破，百雁来过。"童谣中隐喻着伯颜伐宋，宋朝必亡。

秋天，来自北方的元军二十万，一路厮杀，所向披靡。元军由伯颜统领，兵分两路，西路进军淮海以东，重点讨伐扬州。另外一路由伯颜自己率领，沿着汉水，突入长江，沿江直捣临安。

冬天到来的时候，元军一鼓作气，一路南下。宋军被迫迎战，丢盔卸甲，很快全军覆没……

元军大捷，继续乘胜追击。

宋朝虽然发出全民迎战元军的号令，但是响应者寥寥。只有宋朝忠臣张世杰和文天祥等少数率部响应。

这时候，正是忽必烈委派马可出使南宋时期。从马可一踏上南宋的土地，就看到历经战乱的美丽江南，樯橹灰飞烟灭，遍地狼烟，处处焦土，民不聊生。

马可受命之后，有四名卫兵陪护，加上一名汉族官员郝略陪同，巡视战后襄阳古城。

马可手中持着大汗忽必烈的国书，离开大都，奔赴襄阳城。

马可和郝略昼夜兼程，骑行十多天，到了襄阳。襄阳被元军攻破之后，满目苍凉，一片狼藉。

襄阳古城的元军统领阿鲁海牙看了大汗的文书，知道马可是忽必烈大汗的钦差特使，便以最高的礼仪接见他们。

阿鲁海牙陪同马可一行，巡视战后襄阳城防部署。他们登临这座被石弹摧毁的牌楼，才知道原来石弹的威力如此巨大。石弹破坏力惊人，只要数发石弹，城楼就都被摧毁，顷刻之间，砖瓦都成了粉末……

阿鲁海牙陪同马可巡视襄阳城防之后，有急事匆忙回到帅府。马可和郝略继续乔装在襄阳古城暗访。

马可一行走到一家酒楼停下，进酒楼一看，楼内也就几张残桌旧凳，还有几个老弱和小二。郝略向跑堂打听，才知道开酒楼的都是蒙古军队随军家眷。原来在这里经商的汉族商人已经因为战乱所剩无几，大多数妇幼老少都或战死，或饿死，或被强大的蒙古骑兵杀戮，或者俘虏为奴。

"战争，原来是这等惨烈。当年，成吉思汗西征欧洲，庆幸我还没有出生……我小的时候，听母亲索菲亚常常讲述残酷的厮杀和屠戮，我听了感觉像天方夜谭一样。"马可一边走访，一边喃喃自语。

当马可和郝略走访到曾经厮杀的街巷的时候，终于遇见几户幸存的当地人。这些人生活现状十分凄惨：衣不遮体，食不果腹；面色灰黑，一贫如洗。

马可在巡视中发现一位老人很像北方色目人，便走过去对老人说："如果蒙古人在南方不与汉族和睦相处，是不可能待久的。"

老人说："伯颜曾建议大汗忽必烈定要杀尽南方王、李、张、刘、赵五大姓氏，免留后患。因为这五个大姓大都是南宋后裔，在反抗蒙古入侵战斗中，抵抗最激烈。"

马可听到这里，不禁感叹江南这些姓氏为保卫自己的家园所付出的巨大牺牲……

张姓老汉还怀着十分悲痛的心情给马可和郝略讲述了发生在襄阳保卫战中最惨烈、最悲壮的一件事：

"襄阳古城被元军围困多日，城里成了孤岛。城内人民缺医少药，缺少生活用品……张家两个本家，一个叫张顺，一个叫张贵。他们二人都是智勇双全的人物。他们为了反抗元军，设法招募三千名民兵。他们准备从襄阳外围突破，假装运送物资，强行突破元军对襄阳的封锁。这三千将士明知有去无归，但是，无一人退缩。

"不幸的是这项计划中途夭折。有一个叛徒叛逃，泄露了张贵的突围计划，使元军有了预防。张贵沿途奋力作战，所率勇士几乎全部战死，或是受重伤被俘虏，或是壮烈牺牲……从此后，襄阳完全与外界隔绝……"

马可听了这个故事，感叹战争给人民带来的巨大伤害。

临别，马可给张老汉送上祝福。张老汉说他有一个亲戚，带兵在临安，如果能够有缘相见，请马可代为问候。

阿鲁海牙给了马可一艘客船，马可伪装成客商，向南宋首都临安出发。

马可一行乘船出汉水，入长江，之后顺江东下。因为此时，南宋诸多州郡都已经投降元军，只有扬州还有李庭芝带兵坚守。元军攻城不下，伯颜日夜攻城不息。

马可等钦差继续向南宋临安进发，船行到一个十分狭窄的河道，忽见河岸站满了弓箭手。箭在弦上，一触即发。

马可看到这场面，急忙从怀中掏出一封蒙古大汗忽必烈颁发的红漆国书。这封特别的国书上，系有一个红丝带，国书正面盖着带有蒙文标志的金印钤印。

"大汗给宋朝天子送信来了！"马可向岸上的宋朝士兵用纯正的汉语喊话。

马可被一群南宋的士兵押着来到岸边的一个庭院里。一进院子，马可就看到一个高个子士兵。这名士兵昂首挺胸，气宇不凡。他操着江南口音和郝略沟通。

"马可先生，这就是守卫这座城的张士诚将军。你可以把忽必烈大汗的国书交给他了……"郝略说完，张士诚走上前来。

马可拱手施礼，说："原来是张将军，我在襄阳听你的亲戚说起过你。大汗钦旨，我必须把这封国书交给宋帝……"马可的态度既坚定，又坚决。

"宋帝年幼，不便见大汗派来的使者，我会亲自把这封国书交给宋帝。你们在这里等回信吧……"

"要等多久呢?"

张士诚已不再听他们说话，他和一个士兵交换了一下手势，马可等一行人就被粗暴地搜身。之后，马可被蒙上了双眼。

大约过了好长时间，马可和郝略一行才被带到一个富丽堂皇的大厅。他面前站着一名端庄、傲慢，而又有一些威严的汉族女子。这名女子看上去四五十岁，五官端正、皮肤细嫩，保养得很好。

"他就是间谍吗?"她手中握着忽必烈的国书。

"是的，太皇太后……"张士诚毕恭毕敬地说。

"好了，张士诚留下。其他人都出去。"

这名女人问马可："你是来偷窥我们南宋的局势的，是吗?我们会对忽必烈恐惧吗?忽必烈本来可以委派一个蒙古人来，可是没有，他派来的是来自西域的色目人!"

"是的，夫人。我是来自意大利威尼斯的色目人……"

"是忽必烈委托你来给大宋送信的?"

"我是大汗的钦差大臣，大汗是要我亲自把大汗的国书交给南宋皇帝阅读的，夫人。"

"别再撒谎了!"

"我是堂堂正正的元朝的使者,我怎么会撒谎……"

"实话告诉你吧,我就是皇帝的太后,度宗的皇后。度宗已经驾崩,现在即位的是恭帝。他还年幼,我以皇帝的名义代理朝政。"

马可忙深深鞠躬,微笑着说:"不管怎样,忽必烈大汗的国书我是送到了。我作为大汗的特使任务也就完成了。"

"……"

"希望太后的复信能够早日写好,我递给大汗,就完成了特使传递国书的任务。"

"忽必烈让我们南宋投降?我们怎么可以拱手把我们经营了数百年的天下送给胡人?我对得起列祖列宗吗?"

"但是,忽必烈大汗是有诚意的,这样要比两国发生一场战争好。您也知道,南宋迟早要灭亡。大汗希望能阻止更多人的死亡和流血,也防止更多的人无家可归,流离失所……"

"蒙古人入侵我们大宋,使我们富庶的祖国山河血流成河,无数人流离失所,无数的庄稼顷刻被毁,数不清的汉族儿女被掠到北方沦为奴隶……这些,都是你们的大汗的罪孽!"

"太后,您不要太偏激,大汗想和南宋停止战争,统一中国。大家都不想看到这个国家四分五裂。忽必烈大汗想看到的是蒙古人和汉人能坐下来和谈,没有战争……"

"忽必烈杀人成性,谁能相信他的话。蒙古大军烧杀抢掠,无恶不作。他们所到之处,万亩良田寸草难生,一片荒芜!"

"我知道,太后如果能以一颗博大的心胸和忽必烈大汗和谈，会使南宋国民安居乐业。"

　　这时候，马可看到一个小男孩儿站在厅堂门口。他穿着华贵的衣服，长着一双聪慧、好奇的眼睛。他很好奇，母亲和这个个子高高、蓝眼睛的外国人说着什么。

　　"太后，您的一片效忠南宋之心，我完全理解。您担负的担子太重了！如果您执意选择这么抗下去，会把您压垮的……"

　　"谢谢你的提醒，我怎么能轻易断送了大宋的江山？"

　　"我是为你、为南宋的百姓考虑。现在，忽必烈大汗的千万骑兵，一路南下，如风卷残云。你只有选择投降，否则，南宋千家万户就面临着生杀屠戮。如果可以不战，而保留未经战火摧残的国土，也许是作为母亲和太后的最好选择……"

　　太后泪眼汪汪，转过身去思考了好长一段时间，才慢慢转过头来，对马可说："只要能保全大宋江山社稷，任何条件都可以谈。我们可以保证向元朝纳贡，可以成为元朝的属国，可以把所有城池和财物都贡献给大汗。我只求大汗不要灭了大宋。不然的话，我怎么能对得起大宋的列祖列宗？"

　　太后说完，泪如泉涌，坐在椅子上擦拭着泪水。马可怎么也没有想到面前这位久经风霜、冷若冰霜的女人，此刻，竟将压抑了好长时间的痛苦向他诉说了出来。

　　大约过了好长时间，太后答应马可，明天她将委派文天祥去元朝大营与伯颜和谈，也希望马可以大汗使者身份面见文天祥。

兵临城下

兵临城下，南宋王朝危在旦夕。

南宋谢太后不想兵戎相见，本来都是南宋的臣民，何必拼个你死我活？煮豆燃豆萁，相煎何太急！

"你好，马可·波罗先生。"

"你好，文丞相，久闻你的大名。听大汗说过，你写得一手好文章。"

在南宋谢太后安排的一处密室，仪表堂堂的文天祥丞相，此刻，神情肃穆。他目光炯炯，一身正气，在元朝数十万大军即将攻破临安之际，为了民族和国家，做最后一搏。

文天祥在民族危亡之际，还是表现出了君子风度，文天祥对马可说："元朝现行的政治、经济和军事怎么样？"

"元朝实行的是归属地帝制，附属国承认元朝，每年附属国按合约朝贡帝国。附属国可以发展自己的经济，元朝统一收取关税。军事方面，元朝在属国驻军，任命属国官吏……"

文天祥听了马可的讲述，看出马可博学多才，足智多谋。但他还是要竭尽全力拯救大宋江山，准备与其对抗，让元朝侵占南宋的阴谋落空。

马可则站在忽必烈这个角度，要让文天祥复兴宋朝的梦想破灭。

马可首先谈了自己走遍世界的见闻，他认为现在强大的元朝远超过亚历山大帝国和罗马帝国。元朝的国土疆域远远超过宋朝十几倍。

文天祥也明白，现在的宋朝处境艰难，被元朝三面包围，另一边是茫茫大海，几乎已经没有退路，唯一的出路就是投降。

文天祥对马可说："我自己是南宋进士，头名状元。年轻的时候，博览群书，对蒙、宋历史都十分熟悉。但是，南宋天子养育臣民数百年，现在，国家危亡，我等自有责任。国家兴亡，匹夫有责……"

第二天，文天祥代表南宋，带了一个使团，到元朝军营中去见伯颜。这一次，马可和郝略也一同前往。

伯颜大营驻扎在皋亭山。文天祥昂首阔步来到元朝大营，一身正气。虽然元朝军队杀气腾腾，但是，文天祥却泰然处之。

"文丞相别来无恙，欢迎、欢迎……"伯颜迎上前去，拱手行礼。

文天祥不卑不亢，严肃地回道："伯将军有礼！宋军投降事宜是前任所为，我乃是临危受命……来到伯将军大营，一是有缘相识，二是商议国事。"

"……"

"现在中国分为南北两朝，蒙古兴起不到百年，如今，已经风生水起。我大宋朝，也有三百多年的历史了。现在元朝入侵宋朝，是想把大宋作为国家来对待，还是要毁掉大宋的江山社稷？"

"皇上的诏书说得明白：社稷必不动，百姓必不杀。"

"你们前后几次与本朝签订合约，大都失信。现在，你们兵临城下，应该首先退兵……"

伯颜表现出十足的傲气："蒙古大汗没有退兵的可能！"

文天祥义正词严，毫不退让。伯颜马上露出凶相，妄想将文天祥逼上绝路。

"我是宋朝的丞相，国破家亡，我会以死报国，义无反顾。"

僵持了好半天，马可靠智慧打破僵局。他对文天祥说："丞相，我是大汗特使，刚从临安回来，有要事禀报。"

马可和伯颜秘密沟通之后，二人感觉马可和谢太后商议的方式可行，南宋也可以接受。这样，马可和文天祥同赴临安，再见太后，请她决断大宋未来的命运。

数天后，伯颜率大军攻入临安。年仅六岁的皇帝赵㬎和他的母亲及其他文武百官，均成为元朝的俘虏被押解到大都。

之后，忽必烈一统江南，建立了以蒙古贵族为统治阶级的多民族统一国家。

第七章

≈

驿路梨花

美丽的桥

早在成吉思汗时代，就曾经几次把在上都南部的大都定为国都，因为大都地理位置优越。它北依燕山山脉，东临渤海，西部和南部地势平坦、开阔，可以持续建设、发展。

元朝到了忽必烈大汗时代，决定把上都作为夏宫，大都作为国都。

"大都永远属于我们蒙古帝国，我们要迁都大都。迁都事宜，由穆罕默德负责设计、施工、监工，在汉族人建设的基础上，融会进我们各个民族的建筑特色。"

"遵命，大汗。"

忽必烈大汗任命一位穆斯林建筑师专门负责监督大都的城市建设。整座大都的建设灵感都来自汉族人原来的规划、设计。在此基础上，后续的建筑风格尽量保持一致。

1267年大都开始动工建设，之后历时多年竣工。当时，大都整座城共十一个城门，每个城门上都有一座三层塔楼。

当时，大都在各种语言中有着不同的称呼，汉语把大都称为"大都"，土耳其语称为"汉巴里"，蒙古人最终把新建的都城称为"大都"。

马可刚到中国的时候，大都的东部地区主要用于天文观测。因为忽必烈对整个世界都充满渴望和向往，因此，他对天文学非常痴迷。此时，西方阿塞拜疆的马拉格天文台发现了许多新天体，忽必烈羡慕不已，雄心勃勃，一直想建设一座属于自己的天文台。

马可到中国之前，1271年，忽必烈就倡导建立了大都天文台。忽必烈还任命许衡、郭守敬、王恂等作天文研究。

他们制造出了观测仪器，并且经过烦琐的计算推导出一种全新的历法。忽必烈将其命名为《授时历》。

马可也经常把他少年时代学到的知识讲给忽必烈听，给忽必烈大汗提出许多建议和意见。

马可对第一次来元朝的西方朋友说："元朝的皇宫规划得四四方方，规规整整。大都城墙把宫城围成了一个正方形，城墙四周是人工开凿的运河。四面城墙中间都有一个拱门……"

大都城建成后，外国使节和商人都赞叹不已。

马可说："我想给大家说说大都城里的一条河。在河水流经的地方，形成了一片湖区，里面养了很多鱼，平时还有许多的动物来饮水。如果湖里的水太多的时候，就会自然流淌到其他需要的地方。在湖的入口和出口处，专门设置了一些用铁丝和黄铜制成的网，因此，湖里的鱼绝对不可能顺水跑掉。春夏之交，湖面上还会有野鸭、天鹅等一些水鸟翩翩起舞的身影……"

大都城的规划很容易让马可想起他的故乡意大利威尼斯。因为在威尼斯，人们穿梭往来于错综复杂的街道和运河之间，似乎所有的阴谋和罪恶都被美丽的水城遮掩了。他倡导世界各地可以效仿威尼斯。

马可·波罗在中国考察的同时，他还研究了中国大都的城市结构、人口和商业情况。他对位于大都东南的一座桥情有独钟。

这座桥就是桑干河石桥（也叫芦沟晓月桥）。这座桥于1188年由金世宗完颜雍下令建造。1267年马可·波罗组织人重建。西方人习惯称这座桥为"马可·波罗"桥。桥长约三百步，宽约八步，有二十四个拱，由二十五个桥墩支撑。桥拱与桥墩都由弧形的石头砌成，显示了元朝时期高超的筑桥技术。

关于这座桥的建造还有一个故事。

有一次，马可奉忽必烈大汗之命南巡归来，返回大都。到了距大都一百多公里的地方，天气突变，顷刻间，下起了倾盆大雨。

原来架在河上的是一座简易浮桥，浮桥只是由一些木头和绳索支撑。暴雨过后，山洪袭来，浮桥不堪一击。风雨过后，有十几个拖儿带女的百姓正好路过这里。这时走在浮桥中间的妇女和孩子，随着轰然塌陷的浮桥落到洪水中，瞬间不见了踪影。几个青年为了救落水的百姓，没有犹豫，一下子纵身跃入洪水……

尽管马可一再呼喊不要鲁莽行事，可是，事与愿违，眨眼之间，十几条生命就这样消失得无影无踪。

洪水过后，百姓们哭声震天。

作为大汗钦差的马可，看着失去亲人的百姓，心在滴血。

……

回到大都后，马可稍做休息，就面见大汗忽必烈。他陈述了自己刚刚结束的南巡经历之后，特地讲述了暴雨后百姓被洪水冲走的事，希望能在河上建一座桥梁。

忽必烈是一个开明的君主，他知道百姓就是承载元朝这座船的水。民生之事，刻不容缓。

"我给你八百两银，用来人重建一座桥……"

"谢谢大汗！如果八百两银不够，我可以奉献一年的俸禄……或者，还可以募捐。"

转眼间，就到了秋天。

马可找到当地的知名人士李员外，李员外深为马可的这种无私奉献精神所感动："马可先生，你为我们这一方百姓修筑桥梁，这是千古之壮举。常言说，修桥铺路，积德积寿。"

"岂敢，岂敢……我是元朝忽必烈大汗派出的朝中特使，上禀下报，传递民生是我的本职，也是我为官一任的职责。"

"……"

经过实地勘测，马可要求施工人员从附近山上开凿最好的石块。他征用数百能工巧匠，勘测修建桥梁的最佳位置。负责基础工作的石匠问马可："是不是应该把这座桥梁基础和桥梁整体设计为百年一遇？"

马可说："不！要设计得更坚固……几百年以后我们都作古了，可是，后人会记得这是当年马可提议建造的……"

"好！马可先生。"

"设计要合理，建筑技艺要高超……我们有充足的银两，不会亏待能工巧匠的工钱。"

"……"

有的时候，马可要到外地巡视，在他走之前，一定要亲自到工地视察一番。

马可如果长时间不回来，还会让在朝中做官的叔叔玛窦去看看。

建造这座桥时四季不间断施工，经过几年的艰苦施工，一座全部用上等石料建造的桥梁，屹立在元朝大都东南。

修建之初，马可把自己一年的俸禄都悉数捐出，作为工匠的工钱。

桥梁竣工的时候，马可·波罗心潮澎湃，仿佛回到了故乡意大利威尼斯。他深切感受到了为民造福的幸福和快乐。

威尼斯商人马可·波罗正是通过这座桥，开始了他为大汗效力的中原之行。

驿站趣事

春风吹在马可身上，他感觉暖暖的。马可行走在元朝广阔的疆域，舒畅极了。

在马可出行巡视的路上，田野、山川，或者乡间小路，处处都是百花盛开、争奇斗艳的美丽景象。

受忽必烈大汗的委派，马可率领一队钦差队伍，行走在远行的旅途中，徜徉于沁人心脾的花香中。

粉艳的桃花，像一张张少妇的脸；杏花姹紫嫣红，奔放、热烈，像一个个多情的少女。三月还没有落幕，四月的梨花又开始绽放了：先是一点儿、一抹，稍后是一团、一块，最热烈的时候是一大片、一大片……直到开成一片一片花海。

马蹄声声，驼铃叮咚，梨花深处有人家。一个方方正正的院子，一排错落有致的房屋，高高的木杆上，悬挂着红红的灯笼。灯笼上，一面旗子迎风飘扬，呼唤着来来往往的旅人。高高的门上，悬挂着一个用汉字和蒙文书写的招牌：福德驿站。

"马可先生，前面是一家驿站——"马可的随从提醒了一下马可，马可这才从一片一片的花海中缓过神来。一抬头，放眼一看，前方的福德驿站房前屋后到处是高高大大的梨树。这些开满梨花的梨树，少说也有上百年了吧。

"'十年树木，百年树人。'这话说得好。"马可自言自语，频频点头，感觉中国先贤说的话既经典，又有哲理。直到马可走遍了中国各地，逐渐熟悉了各个民族的风情，才知道中华文化的博大精深。

在各个地方巡视的过程中，令马可感到新奇的还有元朝的驿站制度。

在元朝管辖的疆域，在马可经过的每一条路上，都会按照市镇的位置，每隔百里左右，就建有一座宅院。路途中的这些院子里都设有旅馆，这就是从元朝大都辐射出去的驿站。

每个驿站常备有四百匹良马，用来供给大汗信使往来之用。在各个驿站之间，每隔十里的地方就有一个小村落，每个村落大约有四十户人家。村落中住着步行信差，也同样为大汗服务。每隔十里的站上就有一个书记，负责将一个信差和另一个信差出发的时间记录下来。

……

"您好，客官。福德驿站欢迎您到来……"

马可一行刚到福德驿站门前，驿站小二就迎上来，扶下客人，接过驿马缰绳，把驿马牢牢地拴在马厩里的拴马桩上。

马厩里原有的马叫起来，算是和新来的驿马打招呼。新来的驿马，也许还有点陌生，也礼节性地打了个响鼻。

马可一行看看天色已晚，简单洗漱一下，算是缓解旅途疲劳。

天渐渐地黑了。驿站的院子里点燃了一盏灯笼。灯笼高高地悬挂在院子中间竖起来的木杆上，暗淡的灯光照着整个院子。

马可和几个随从坐在驿站院子里的一个石桌四周，一边品茶，一边闲聊。

马可讲起了上一个驿站晚上闹鬼的事儿。

原来，驿站因为地处偏僻，平时少有人来。当马可他们住进驿站之后，灯笼一亮，就引来了"鬼魂"。马可他们在驿站的床上睡得正香，几个打着绿色灯笼的"小鬼儿"，飞身跃进驿站的院子里。

然后，这几个"小鬼儿"到处乱窜，翻箱倒柜。马可他们被惊醒了，偷偷观察了一下这几个"小鬼儿"。他们不贪恋金钱，也不偷盗财宝，只寻找一些好吃好玩儿的东西。

"这准是几个饿死鬼……"

"嘘——小声点儿……"马可的随从刚出声，马可就示意不要轻举妄动，待他们抓住机会，再把这几个饿死鬼一网打尽。

马可预测得很准确，这几个"小鬼儿"偷偷摸进驿站的食堂，凡是好吃的饭菜，都被他们一扫而光。

"咣——当——！"一声清脆的破碎声传来。原来，这群饿死鬼把马可他们晚上喝剩下的美酒打碎在地上。霎时，一股股酒香从这个黑乎乎的屋子里飘出来。

马可和几个随从悄悄地到了食堂门口，见几个饿死鬼在舔舐洒在地上的酒……

随着夜越来越深，这几个饿死鬼都成了醉鬼，醉倒在屋子里。

马可随即把门悄悄关上，驿站的小二也拎着灯笼过来。灯一亮，马可和随从都惊讶了："哪有什么鬼啊，这不是几只狡猾的狐狸吗？"

"这不是饿死鬼，简直就是馋鬼嘛！"

"哈哈哈……"

"哈哈哈哈……"

……

结果，不用说，自然是这几只醉狐狸被擒住了。

至今想来，马可和几个随从仍哑然失笑。

往事如烟，人生如梦。

马可躺在驿站的床上，辗转反侧，一直到后半夜也没有睡意。大约到三更的时候，他迷迷糊糊刚刚有一点睡意，恍惚之间，见有一个人影儿轻轻从门缝儿挤进来。

这个人江湖侠客装扮。

经验丰富的马可并没有轻举妄动。他知道，不管半路上，还是夜里，要是遇见强盗抢掠，一般他们只劫钱财，不杀人。

事实上确实如此，不是因为家境贫寒，民不聊生，谁会半路打劫？常常是因为灾荒严重，当地人才会铤而走险。

进了马可这间客栈的蒙面人在屋子内四处寻觅一会儿，没有一点儿收获。就在劫匪刚刚转过身往外走的时候，马可把一个装着钱物的小袋子扔到劫匪的前面。劫匪一惊，转身见客栈的床上还躺着一个人。

劫匪知道事情已经败露，操起一把利剑就朝马可刺来。马可急忙抽出利剑，把劫匪手中的剑击落："兄弟，给你一些银两，回家好好生活……"

劫匪说："谢谢大人，后会有期……"

说时迟，那时快，劫匪捡起落在地上的剑，顺势而逃。

这时候，马可的随从似乎也听到了劫匪的声音，急忙把院子大门锁上。尽管劫匪身手不凡，但是也没能迅速逃脱。客栈多名店员呼喊捉贼，大家纷纷提着灯笼把劫匪围起来。

劫匪也不是简单人物，倒也有几分身手。

霎时，劫匪凶相毕露，和马可的随从交起手来。

"都住手——放这个好汉走——"马可一声呼喊，似一声炸雷，把大家都喝住了。劫匪一惊，"大人——后会有期！"说着飞身越过客栈四周的栅栏，消失在茫茫的夜空。

这时候，天已拂晓。

月儿弯弯，悬在天上。清幽的月色，洒在客栈的院子里。树上的枝条儿稀疏地倒映在地上，影影绰绰。

在客栈的鸡鸣狗吠中，天亮了。

福德客栈门前的那条路上，来往的商人和达官贵人又开始了川流不息的一天！

新年好运

常言说：人为财死，鸟为食亡。这话听起来似乎天经地义，可是，马可在元朝为官多年，他并不把钱财看得很重。

这一年，忽必烈大汗把马可派去西藏查看灾情。他奉旨前往，一路上到处是难民。

马可在途中常常遇到贫苦的百姓、流离失所的灾民，有的还卖儿卖女。

他常常把自己大部分的盘缠都给了那些在生死线上挣扎的苦难百姓。

"马可先生，我们路上的盘缠可剩不多了……"随从提醒马可。

"我知道。我们没有钱，到了下一个驿站，还可以吃上饭。老百姓不行啊，他们没有饭吃，就要卖儿卖女。"马可一字一句地说。

"……"

有时候，马可为了察看百姓的生活和受灾情况，常常一天只吃一顿饭。当看到那些原来草肥水美、物产丰富的地方，因干旱而颗粒不收，牧民和牲畜死在齐腰深的大雪里时，他都非常心痛，不忍心再看下去。

每次马可外出巡视，都把自己的那份俸禄兑换成一串儿一串儿的铜钱，准备在途中施舍给穷人和那些遭遇苦难的人。虽然是杯水车薪，但是还可以接济他人，解燃眉之急。

这年秋天，内陆仍是艳阳高照。此时，地处西南边陲的吐蕃，却遭遇百年一遇的雪灾。马可奉忽必烈大汗之命，来到吐蕃视察灾情。

马可从元朝大都出发，经过长时间马不停蹄地跋涉，才到了吐蕃。那个时候的藏人生活异常艰苦，靠吃麦麸果腹，一年只洗一次澡。

从大都到藏族居住的地方，要走上几个月。当马可走到距离吐蕃不远的地方时，他发现这是一个藏传佛教区。

当时的西藏拥有小型城镇一样庞大的寺院。每座寺院都有两千多名僧侣，他们落发为僧，潜心礼佛。各个寺院里的喇嘛，都是藏族平凡百姓家的孩子，他们对佛的信仰和崇拜从很小就开始了。

无论他们的家庭富贵还是贫穷，只要他们走进寺院，穿上那身酱红色的喇嘛服，都会把自己的钱财全都施舍给寺庙。

金钱在佛教徒眼里，绝对不会比佛更重要！

虽然这些年轻的喇嘛常常也要去购物，但是，他们却很少和那些商人争价、讲价。只要他们相中了这个商品，感觉价格可以接受就买，不可以接受就放弃，到下一个商家去购买。

元朝中期，大都商业已经非常繁荣，过去那种传统的钱币铜钱只在偏远的地方使用。元朝的大部分地区都用上了纸币，这种纸币既方便，又快捷。

马可也感觉元朝的纸币制造非常独特。

在马可的履职记录中还记载了元朝制作纸币的过程：

先用桑树皮造纸，然后裁成薄片，之后由多位特别任命的官员在每张纸上签名、盖章，最后，大汗任命一名总管将他保管的御印印在纸币上。

经过十分繁杂的程序后，纸币就可以通行了。

如果一旦发现有制造假币的人，将会受到严厉的惩罚。

……

在马可外出巡视途中，常常可以见到一些人在冬天到来的时候，用干柴把一种黑石头点燃。

"这种石头可以燃烧吗?"马可问一户偏远地方的牧民。

"是的。马可先生，这不是石头，这是从山里挖来的煤。我们世世代代都用这种东西作取暖的燃料……"

"这真是一种神奇的东西，在我们的故乡威尼斯还没有发现……"

马可随手拿起一块放进老人燃着的灶口里。

这家藏族的老阿妈告诉马可："这些燃烧的石头一旦被点燃之后，比木材还好用。如果晚上把这些煤放进灶口的火里，只要使用方法得当，会一直燃烧到第二天早上，不会熄灭。"

"这个可太神奇了!"

"是啊，都是佛祖保佑，阿弥陀佛! 自从我们使用这种叫煤的石头取暖、烧饭后，再也不用去山里砍伐那些树木了。"

马可在吐蕃幅员辽阔的地域巡视过程中，发现了许许多多神奇的东西。虽然这里很偏僻，可是有些地方还有温泉。当地牧民说，这些温泉是佛祖给藏民最好的礼物。一年四季，藏民都可以利用这些温泉水沐浴。

后来，马可又视察了很多地区，尽管有一些地方经受了风灾、雹灾和雪灾，但这些偏远地区的百姓都有很强的自救能力。

马可在巡视中了解到，这里每天大概有两三万人接受食物和衣物的救济。这些受灾的百姓看上去饥饿难耐，眼中充满了期待和焦虑。朝廷提供的食物是他们活下来的唯一保障。大家都对大汗充满了敬仰和感激。

忽必烈的善举在马可看来并不是做做样子。有时候，蒙古草原上林木稀少，风沙侵蚀严重。一到夏季，雷电也会给草原上的牲畜带来危险。如果牧民的牲畜遭受雷击，大汗都会免去他们三年的赋税。

有时候，雷击发生在海上，大汗也会同样减免进口货物的关税。

大汗总是用一颗善良的心对待全国百姓。他希望百姓平平安安、丰衣足食、安居乐业。

……

转眼间就到了蒙古新年了。过节这天，蒙古人都穿上白色的衣服。因为在蒙古人看来，白色衣服代表着幸运和美好！

节日里，身着节日盛装的蒙古贵族，都要给大汗献上自己心中最重要的礼物，其中不乏黄金、白银、珍珠和宝石，还有许许多多白色的丝绸布匹。除此之外，牧民们还要献上十万头白色的骆驼和马匹。

新年这天，人们见面会相互拥吻，祝愿彼此："新年好运，万事如意！"

黄金城堡

刚刚度过快乐、喜庆的蒙古新年，马可感觉自己突然在一夜之间长大了！

"父亲新年好！"马可给父亲尼古剌拜年。天增岁月人增寿，尼古剌明显地老了：头发斑白，鬓染秋霜。听到儿子马可的问候，父亲双眸中有了泪花。

"马可，波罗家族未竟的事业就全靠你了……"

马可点点头，像一个调皮的孩子，轻轻拥抱着父亲。

这时候，叔叔玛窦出现在马可的面前，马可一下子冲到叔叔面前："叔叔新年快乐……"

"新年快乐。"叔叔玛窦从肥大的蒙古袍里掏出一个叠得工工整整的红包。

"叔叔，我都这么大了，还有压岁红包啊？"

"在叔叔眼里，多大也是一个孩子呀！"

马可紧紧地拥抱着叔叔。叔叔用右手拍拍马可的肩膀："马可，你是波罗家族的骄傲……"

马可和叔叔的手紧紧地攥在一起，父亲尼古剌也拥上来，波罗一家三人抱成一团。

新年刚过，大汗忽必烈又委派马可出行。马可带着数名官员和卫兵骑着草原骏马昼夜兼程，出大都直奔西南。

第三天，马可一行到了一个特别的地方。因为这个地方过去是元朝的附属小国，蕴藏黄金矿藏，所以人称此地为"黄金国"。黄金国的城堡是黄金国王所筑，人称"黄金城堡"。

黄金城堡内有一宫，远远地看上去极为壮观。宫中有一座宏伟的大殿。大殿中塑有曾经在黄金国执政的历代国王塑像。这些国王塑像都是用黄金打造的。在阳光下，塑像金光闪闪。

当马可一行走到这里的时候，当地人和他讲述了黄金国国王和长老约翰的故事。

据说，当年黄金城堡里的国王和长老因为政见不同，发生过一场战争。国王占据了黄金城堡一个险要位置，长老约翰既不能攻克黄金城堡，又不能用卑劣的手段杀死国王。

属于长老约翰的骑兵有十七人，一位有经验的战士对长老说："我可以利用计谋攻进黄金城堡，活捉国王。"

长老约翰说："我可以等你把这个想法实现，这件事成功后，我一定会奖赏你。"

这名聪明的士兵在长老和其他骑兵的帮助下，组成一个强有力的包围圈，包围了国王的住所。

同时，长老的士兵发起了进攻。当士兵见到国王时，对国王说："我们都是来自外国的人，我们希望大王你继续做国王。"

黄金国国王听信了这个士兵的主意，就让这个聪明的士兵做了皇宫的大臣。

长老对这个士兵很失望，只好收兵回府。

两年以后，国王对这个士兵更信任了。他觉得这个士兵非常忠诚。

有一天，国王要坐船过河，由那个聪明的士兵陪同。当船行驶到河中间的时候，士兵对国王说："国王，对不起，跟我走吧！"

"跟你走？到哪里去？"

"到长老的骑兵营……"

直到这时候，国王才如梦初醒，说："我当初怎么轻易听了你的谎言？我当时应该把你杀死！"

国王被俘之后，几次想自杀都没能得逞。

长老养精蓄锐，一直等了两年，终于等到没有用一枪一卒，就把国王擒获了。长老说："国王既然到了我这里，一定是触犯了法律，犯了大罪吧？"

国王听到这些话，心情抑郁，精神几乎要崩溃。他后悔莫及，就对看押他的那个聪明的士兵说："我当初那么信任你，没有杀死你，是因为我想给聪明人一条活路。如今我被你们用阴谋劫持到长老的手里，你不应该像我当初信任你一样信任我，给我自由吗？"

长老后来约见了国王，对他说："你既然已经被俘，我们应该怎样对待你呢？"

国王不知道怎么回答。长老立刻命令士兵好好看好国王，还让国王给他饲养牲畜，但是，并没有虐待他。

就这样，国王在长老那里给他饲养了两年牲畜。

一天，长老约翰把国王叫到自己身边，以礼相待，还给了他一身华丽的衣裳。然后，长老对国王说："国王，现在你知道你无论国力，还是兵力，都赶不上我们吧？"

国王说："是这样啊。我自始至终都没有实力和长老对抗呀！"

第二天，长老就命令几个士兵把国王送回黄金城堡。

回到黄金国后，国王称长老约翰为主君。

……

正是因为以诚待人，和平共处，两个本来心存仇恨的敌人才变成了朋友，变成了君臣。

一场战争、一次屠杀，兵戎相见，最终血流成河。但是和谈却给人们带来希望，带来永久的和平。

马可思绪万千，心潮澎湃。

他的脑海中几次出现当年欧亚各国发生的战争和战后的情景：

战场上，两国士兵拼死厮杀。常常是，两个国家的无数个年轻的生命，在一瞬间就血流成河，尸横遍野。

儿子战死战场，留给母亲的是无尽的悲伤。失去儿子的母亲，风烛残年，多么可悲！

马可知道，只要他想继续留在元朝，留在中国，就一定要心胸开阔，就要得到忽必烈的恩宠。他其实并不打算一生都留在大汗身边。

马可的父亲尼古剌和叔叔玛窦，经常过来看他，和他进行长时间的沟通。他们并不打算在大汗身边待一辈子，他们当初计划是给大汗送来教皇的口信后，就回到威尼斯。带上他们这么多年赚来的珠宝、丝绸和其他贵重物品，与年轻的马可一起返回威尼斯。

但是，最起码眼下波罗家族迷恋上中国这块热土，迷恋上了皇宫这奢华的生活了。波罗家族是元朝尊贵的客人。他们是为元朝奉献青春和岁月的一代忠臣。

此时，元朝大汗忽必烈年龄渐长，如果有一天他一旦失去皇位，就意味着波罗家族没有了依靠。

为了能够在异国生活得更充实，马可还学会了马术等各种技能。

　　就在马可在朝中的地位逐渐下滑的时候，忽必烈突然提出让他去各地收回所欠赋税……这在当时是最难做的一件事。因为当时全国上下各级官员行贿受贿、贪污腐败成风。

　　马可面对大汗的这一任务，要怎么去完成呢？

第八章

≈

走遍中国

彩云之南

1280年新年刚过，所有人还沉浸在节日的气氛中，忽必烈就把他比较器重的马可请到大都的皇宫："马可，我任命你作为特使，出使云南行省……"

"谢谢大汗。臣将忠于职守，履行钦差大臣的职责，不辱使命。"

"云南行省地处中国边陲，多民族杂居，民风淳朴，风俗多样。希望你到了云南，深入民间村寨，体察民情……"

"……"

马可一行经过长途跋涉，终于到了云南。云南地处亚热带，一年四季温暖如春。这里植物茂盛，四季瓜果飘香。

刚到云南，马可就走村串户，慰问当地居民。当他到了云南西部永昌的时候，发觉这里都是女人在稻田里劳作，没见过一个男人在田里劳作。

"这是怎么回事呢?"马可问一位当地随行的官吏。

这位官吏用手捂着嘴,偷偷地笑起来。

"笑我吗? 快告诉我,这是怎么回事?"马可着急地问。

原来,永昌的男子看上去个个身强体壮,可是却非常懒惰。虽然没有一技之长,但是,却常常以自我为中心,什么也不干。当地的男人常常自以为是。他们日常除了养鹰、狩猎和与异族打仗外,其他时间就是蜷缩在家里,贪图享受。

马可在巡视中发现:远在云南边寨的妇女,有一大半都是抓来的战俘。她们几乎包揽了家庭中所有的体力活……

最让马可感兴趣的是这里奇特的婚育风俗,听起来简直让人感觉不可思议。

"女人生完孩子,她们就要马上把婴儿洗干净,用一条小被子包裹起来。这时候,女人的丈夫就要接替妻子的工作,要连续四十天依偎在刚刚出生的孩子身边,做好男保姆,照顾好孩子。这些男保姆除了每天必须的活动外,大部分人不会种地。这就是这里俗称的男人坐月子。在此期间,山寨附近的亲戚、朋友,都会来探望这些男保姆。当地男人之所以这么做,主要是为了报答妻子十月怀胎之苦……"随从马可巡视的当地官员说到这儿时,马可不由自主地笑了起来。

这时候,马可见在地里劳作的女人头戴一顶草帽,肩披一条擦汗的毛巾朝各自家中走去。

马可赶紧走上去,和从田里劳作归来的女人搭讪:"姐姐,这么早就下田劳作呀？"

那名妇女边走边说："是啊，我们每天都要天不亮就下田劳作。太阳出来之前，天气凉爽。等太阳一出来，我们就回家做早饭。"

"这里的女人一生完孩子，她们就要担负起家中一切家务。她们除了照顾孩子，还要照顾丈夫。"

"真奇怪！这里生孩子的感觉不是女人，而是男人。"

马可和随从的官员，一边说笑，一边走出村寨。不知不觉间，他们走进了村边的一大片原始森林。

这是一片生长着高大树木的亚热带原始森林，人迹罕至。因为这里常常有各式各样的凶猛野兽出没，比如野生大象、独角犀牛和凶猛的狮子，还有毒蛇、丛林狼等一些可以致人死亡的动物。

平时，很少有人进入丛林。马可骨子里就有强烈的征服欲和探求欲。

"这里是原始森林吗？这里有传说中的独角兽吗？"马可很兴奋。

随从的当地官员告诉马可："这里没有传说中的独角兽，但是，时常有独角犀牛出没……据说，独角犀牛的角是一种神奇的中药。这种药可以清热解毒，可以用来防治癫痫发作，还可以缓解其他病痛。"

……

当晚，马可回到当地官府驻地的时候，月亮已经高高悬挂在天上了。虽然巡视了一天，很苦很累，可是，他却感觉自己收获很多。他简单洗漱之后，很快就进入了梦乡。

大约在这里巡视数天后，在比云南更远地方的丛林深处的一个部落，发生了狮子袭人事件。他决定，要在当地原住民头领罕那的带领下，去了解狮子袭人事件。

马可一行第一次穿越丛林。大家一起艰难地行进，每个人都手持一把利剑或者是一根长长的木棍。

马可一行在罕那的带领下，一大早出发，一直走到了太阳偏西的时候，才到了狮子袭人的部落。

到了这个丛林部落，马可才发现：这个以勇士著称的部落，因为长期与外界隔绝，还处于原始状态。部落里的人大部分都穿着一种热带丛林中的树皮作的衣服，既短又瘦。

马可在这里感觉自己像是到了异国他乡。但是，当他在这个部落里发现人们还使用元朝通行的纸币时，才确定自己是行走在中国境内。

"忽必烈大汗统治的疆域太广阔了……"马可骄傲地说。不管他走到天涯海角，作为特使，他都尊享着大汗的金牌给他带来的那份庇护和荣耀。

马可一行拜会了当地的部落首领，走访了部落村民，了解了丛林狮子袭人事件。

夜深了，马可和随从睡在高高的竹楼上，难以入眠。丛林深处，一盏又一盏绿色的灯笼，伴随着低一声高一声的狮子的怒吼。

"我们为什么只闻狮子叫声，却不见狮子踪影？"马可轻轻下了床，从竹楼的窗户朝丛林中远远望去。只见丛林中高大的树木，树影婆娑。各种野兽的叫声此起彼伏。原始丛林中有各种野兽，有一些是昼伏夜出。部落里的一些孩子和老人常常被野兽伤害。

以前这里的人们习惯在野外睡觉，现在，很少有人再在野外睡觉了。这里的狮子异常凶猛，有一段时间，一些在河中小船上过夜的部落也常常会遭到狮子的攻击。

"因为狮子捕食不到猎物的时候，也会涉水偷袭小船上的人……狮子一旦涉水靠近船上的人，就会把他们拖走吃掉！"部落首领说到这里，咬牙切齿。

"你们可以尽可能把船停靠在离丛林稍远一点的地方。"马可对部落首领说。

马可建议当地的猎人和一些来往这个部落的商人，为防止狮子的偷袭，训练一种丛林猎狗。其实，这种丛林猎狗就是一种狼和狗交配后的变种。这种丛林猎狗非常勇猛，好像吐蕃的藏獒一样凶猛。

马可说："一个骑马的人，只要身边带着弓箭和两只这样凶猛的丛林猎狗，就可以杀死一头凶猛的狮子。"

在丛林中，一旦发现狮子，强壮、凶猛的猎狗就会在人的鼓励下，勇敢地扑向凶猛的狮子。两只猎狗常常会一前一后把狮子围起来。狮子面对这种前后围攻，便开始反击。但是，猎狗的动作非常敏捷，不仅可以很好地保护主人，还可以让狮子无法靠近自己，保护自己。

狮子不恋战，只好落荒而逃。但是，这种丛林猎狗往往会不依不饶，边叫边追，不停地撕咬狮子的腿和尾巴。猎狗动作敏捷、行动迅速，常常让狮子无奈，只好远离纠缠不休的猎狗，疯狂奔跑。

当狮子奔跑的时候，丛林猎狗就会穷追不舍，并且边追击边撕咬。

这时候，在一边手持弓箭的当地部落猎手或者卫士，就用弓箭向狮子射击。狮子一旦中了猎手和卫士的毒箭，就会转身向狗扑来。丛林猎狗会及时躲闪，狮子往往扑空，只好选择继续逃跑。一旁围追堵截的猎手和卫士，开始连续不断地向狮子射箭。狮子尽管可以坚持一段时间，但是最终还是会成为猎人手下的猎物……

马可在部落巡视的这段时间，把丛林中经常发生的袭人事件防控到了最低。丛林部落一说起这个叫马可的西方人，无不竖起大拇指表示钦佩。

马可在云南巡视期间，有一位知心的朋友，赠送给他一枚戒指。这位知心朋友是一位虔诚的佛教徒。

一天，马可早晨洗漱的时候，把手上的戒指拿下来，不知不觉就弄丢了。这枚戒指倒不值多少钱，可是，朋友那份情谊是无价的。

"不行，我一定要找回来！如果我找不回来，我不就是无情无义的人吗？"

马可虽然在努力地寻找戒指，但他自己也没有抱多大希望。

"要不，我在丢失的地方找找……"马可心中想着，自己就亲自到早上洗漱的地方，到处寻找丢失的那枚戒指。

"马可先生，你在寻找什么？"

"没什么，是戴在手上的一枚金戒指……"

"戒指？"

"对！是一个朋友送的礼物。我们西方人什么都可以丢，决不能丢了诚信。"

"……"

一位素不相识的老妇人，把自己捡到的金戒指给了马可。

"马可先生，你看看这枚戒指是你丢失的那个吗？如果是你丢失的，我就还给你。"

马可接过老妇人递给他的那枚戒指，眼睛顿时一亮："是我丢失的那枚戒指啊……谢谢您，谢谢！"

"不用谢。阿弥陀佛……佛告诉人们，人家丢失的东西是不能要的。"

马可在中国生活多年，对佛教也有了进一步的认识。从自己的戒指失而复得的那一瞬间，马可就一改往日对佛教的排斥心理。

最早，忽必烈大汗对远在南方的彩云之南很是忌惮。他常常说，云南省那个城堡外有一条宽阔的护城河，足足有一箭射程那么宽。事实上，云南并没有大汗想象得那样强大。当他们面对蒙古帝国强大的骑兵的时候，他们无心、也无力抵抗强大的蒙古，只好乖乖投降。

马可到了云南的时候，这里到处是一片金黄的麦浪，风吹过后，整个天空都弥漫着诱人的麦香。

麦田大部分都已经成熟，万里平畴，农民们在全力抢收。

远远地，马可就看到麦田里，一名三十几岁的妇人身后跟着两个梳着鬏儿的孩子。母子三人在收割过的麦田里捡拾麦穗。

马可走上前去，捡起麦田里农民收割后遗留下的麦穗。

跟在母亲身后的一个孩子停下来，眼睛瞪着捡拾麦穗的马可，一句话也不说。

马可说：“对不起啊，我捡起来的这个麦穗是……”

“我们不要你的麦穗，妈妈告诉我们不要人家的东西。”跟在母亲身后大一点的孩子似乎是有些不高兴，仰着脸瞅着高高大大的马可。

捡拾麦穗的母亲这时候直起腰来，苦笑着对马可说：“你是忽必烈大汗派来的钦差吧？”

“我是来自大都的钦差大臣马可，叫我马可就可以了。”

"对不起，孩子小，不懂事。"

母亲冲着两个孩子说："这两个没有教养的东西，见着钦差大臣，还不知道施礼。"

"对不起，钦差大臣。"两个孩子急忙说道。

"小弟弟、小妹妹，你们几岁了？"

"我十岁，弟弟八岁……"

马可把自己拾捡的麦穗放到孩子的筐里。两个孩子看上去很平静，知道面前这个高鼻梁、大眼睛的外国人是一个好人。

"叔叔，你把麦穗儿给我们，可不能反悔。"

"小弟弟，这个你放心，你看叔叔是那样的人吗？"

"……"

捡麦穗的母亲看到自己的孩子和一个陌生人较真儿，就呵斥孩子："小菜墩儿，不要这样没礼貌，没教养……"

马可见母亲教训孩子，忙给孩子解围，说："一个孩子啊，总不会像大人一样。我们都曾经是孩子呢！"

"是啊，孩子有一天也会长大呀！"哥哥调皮地说。

"……"

"马可先生身为大汗钦差，还这样关心百姓。"妇女边跪边说。

"姐姐，不能下跪，不能下跪，我们都是元朝大汗的子民，没有贫富之分，没有高低贵贱……"

马可扶起正在屈伸弯腰即将跪在地上的母亲，感觉到心头一热，他心里想："这不是我小时候的母亲索菲亚吗?"

随行的当地官员按照马可的吩咐，拿出一些银两，交给捡拾麦穗的母子，安慰他们好好生活。

马可一行已经走远了，捡拾麦穗的母子还站立在碧波万顷的麦田里……

一路上，马可眼前浮现出的都是忽必烈大汗挥师南下，对南宋皇太后礼遇有加的情景。

当忽必烈大汗认为攻打没落的南宋王朝时机已经成熟的时候，便派大将伯颜统领一支由二十多万骑兵、七万水兵组成的部队大举进攻南宋王朝。

伯颜连克南方五座城市。蒙古骑兵所到之处，总是先礼后兵。如果遭遇到南宋将士抵抗，他们就会强攻。

南宋王朝在蒙古骑兵的进攻下，节节败退。

尽管南宋咸淳帝把祖上的家业和南宋王朝托付给了皇太后，可是，也没有能改变南宋最终灭亡的下场。

就在皇太后下决心誓死保卫南宋王朝基业的时候，占星师的预言，最终还是促使她决定保全南宋遗孤，放弃南宋江山。

当时，皇太后投降后，被带回大都面见大汗忽必烈。忽必烈不仅对她礼遇有加，还赐给她很多华贵的衣物。

"以民为本，就是为官之道。"

马可回到官府，把这句话写在当天自己的东方旅行日记中。

扬州盐吏

"马可先生，第一次到扬州吧?"

"是啊，我对江南水乡还不是太熟悉……"

"别着急，慢慢来。在江南生活一段时间，就会找到家的感觉。我们这里虽然没有您故乡威尼斯那么便利的水巷，但是，我们这儿也算是锦绣江南，鱼米之乡。"

马可到扬州就任盐吏之后，首先拜见了扬州镇守使。因为马可和海牙不久前在襄阳见过面，所以两个人一见如故，立刻拥抱在一起。

马可这次奉旨到大运河沿岸的江南水乡扬州，这是他没有想到的。扬州地处江南，还是京杭大运河和长江交汇处，是繁华的水运中心。

马可这一次要在扬州任职三年，因为当时元朝的盐业属于朝廷的高税收产业，所以，忽必烈特别委派有着丰富盐务方面管理经验、学识渊博的马可来扬州任职。虽然他只是一个级别不高的盐吏，但是，肩负的责任重大。

海牙坚持要给马可接风洗尘，马可也不好拒绝，当晚就留在海牙官府和故友彻夜长谈。

话说南宋王朝的谢太后和小皇帝赵㬎投降元朝后，镇守扬州的李庭芝等守军，拒绝投降元军。元军只好强攻。期间，元军拿来谢太后的手书，诏书中命令守军向元军投降。

"我们奉皇上之诏守城，还从来没有奉诏投降！"

南宋守军看了谢太后的投降诏书，仍拒不投降，誓死守城。

当宋军得到情报，说元军押解谢太后和幼小的皇帝赵㬎北上大都投降元朝大汗忽必烈的时候，李庭芝指挥四万宋军，夜进瓜州，妄想可以趁乱救回谢太后和年幼的皇上。

"我宁可战死，也不做投降将军！"李庭芝说。

忽必烈当时派出特使和李庭芝等将士见面，想以降促和，尽量避免战争。结果，大出忽必烈意外：南宋守军杀死元军来使，烧毁诏书！

此时，扬州已经成为一座孤城，弹尽粮绝，守军士兵只能煮食牛皮充饥。扬州军民拼死守城，直到元军攻破扬州守城，李庭芝等将士全部壮烈牺牲。

……

海牙说，在攻破扬州宋军后，还进行了残酷的巷战。在巷战中，元军擒获一名宋军将领，此将宁死不屈，拒不投降。在元军对这名将领的审讯中，他说他见过马可先生。

"这下好了，马可先生亲自来到扬州，有机会亲自审讯此人，也好和他对质，不知道马可先生意下如何？"

第二天，扬州镇守海牙吩咐部下，把宋军俘虏带到衙门。过了一段时间，衙门里拖进来一个囚犯，只见囚犯双手被紧紧捆绑。

马可眼睛一亮，这名囚犯似曾相识。囚犯抬起头，双眼瞪着马可，似乎有话要说。马可心里一怔：这不是张士诚将军吗？

"马可大人，你可认识此人？"海牙镇守问道。

"我认识，这位是南宋临安附近一个镇守……"

马可上前，松开被捆绑的张士诚，说："你还记得我吧？张士诚将军。"

"记得，你是马可·波罗先生，来自西方威尼斯，元朝忽必烈大汗的特使。"

"张将军好记忆力。你本在临安附近担任守护都城的任务，南宋投降了，你应该审时度势……怎么又到了扬州呢？"

"我生是南宋将士，死亦会成为南宋的鬼魂！……中原大地，江南鱼米之乡，本属于汉人之地。我相信有一天，蒙古人还会回到蒙古草原……谢太后投降，属于无奈。我领兵镇守扬州，扬州失守，我感到十分惭愧，无颜面对江南父老。我没能与其他将士一样以身殉国，现在成了阶下之囚……"

"历史真会开玩笑！前不久我是你的阶下之囚，现在，你又成了我的阶下之囚……"

"马可先生，要杀要砍，是你们的权力。说这么多，还有用吗？"

"张士诚将军，上次你擒获我的时候，你曾网开一面，没有杀我，还引领我去见太后。从这件事看，你功大于过，你还有机会弥补过错。……今天，我以大汗的名义宣布，你自由了。你可以选择回到你的故乡，与亲人团聚……"

马可和海牙小声商议:"大人,你同意释放张将军吗?"

"马可大人,你是大汗的钦差,这事儿你可以做主。"

"站起来吧,张将军。"马可边说边给张士诚松开捆绑的绳索。尽管元军中有反对的声音,但是,当马可说以大汗的名义释放张士诚的时候,也没有人再说什么了。

张士诚呆立在那里,双手的伤口上还滴着血。他什么都没说,双眼凝视马可半天,双眸里流淌出滚烫的泪珠。

"忽必烈大汗禁止报复被征服地域的人民……"马可向张士诚解释了元朝大汗的政策,然后对张士诚说,"张将军你可以走了,元军不会再有人劫杀你。"

张士诚转过身,一下子给马可跪下。然后,他头也没回,直接走出扬州镇守的衙门。

"张士诚是一条汉子!"马可回望着张士诚走后的背影,心中暗暗称赞张士诚。

马可在扬州是主管盐政的官吏,平时,主要是管理这个地方的盐业分配和盐业稽查。食盐是人们的生活必需品,有一些奸诈的盐商往往在销售食盐的时候,缺斤少两,以次充好,以假乱真。

扬州地处大运河西岸,南临长江,因为地理位置的重要,所以,这里也是部分不法盐商从海上偷运私盐较严重的地方。不法盐商十分猖獗,往往利用黑夜,从沿海盐场把未经过人工涮洗、未加碘的粗劣海盐以很低的价格偷运到扬州。他们在扬州偷偷卸货，再通过盐商运送到遥远的地方，高价出售。

走私海盐和走私烟草一样，是当时元朝缉私官吏严厉打击的行为。

马可在扬州担任盐吏的时候，常常和下属明察暗访。他们一旦发现有人走私，绝不姑息，一查到底。

一天晚上，马可和属下正在扬州码头检查，突然发现一艘船行驶在长江口岸。远远望去，这艘船船身吃水很深。有着丰富航海经验的马可马上命令属下追赶这艘可疑船只。

船主见有船追赶，知道大祸将临，命令几个船工奋力摇桨，桅杆上也升起了风帆，加速行驶。

马可就命令三条船从三个方向对不法盐商进行围追堵截。

马可根据盐业内部线人提供的线索，在扬州一处隐蔽的码头蹲点守候。在这里，他们一直监视着这艘船的一举一动。

大约到黎明的时候，长江江面突然暴雨倾盆。

当这艘走私船趁着夜色，冒着倾盆大雨从船上卸盐的时候，马可指挥盐务缉私官员从三个方向把这艘船逼到一个狭窄的角落，人赃俱获。

马可立马命令查封私盐，扣押偷运私盐的货船，羁押走私私盐的不法商人。

对江南沿海、沿河几个重要城市的港口、码头，忽必烈大汗都是亲自任命官员。因为这里是走私、贩私的重要场所，也是元朝大量赋税流失的地方。

凡是敢于铤而走险的不法商贩，都是朝中有人，或者有钱。马可早已想到查办这起走私海盐案子的难度，可是，他没想到这么难。盐商都非常有钱、有势，先是来软的，托人找关系，说这是给朋友捎过来的一船货。紧接着，就有人送来真金、白银和各种珠宝，马可都一概拒绝。

"你回去告诉你的主人，我马可不远万里从威尼斯来到东方，不是为了这些金银财宝而来的。大汗每年给我们的俸禄已经足够我们生活。"

非法盐商见送礼不收，就用金钱找关系，不长时间，都找到了朝中官宦。这些官员连夜从大都派信使给马可送来信，信中详细说明了大意，请马可在扬州放其一马。

"你们想错了，我马可是那样的人吗？忽必烈大汗信任我，才把我委派到扬州作海盐官吏，我不会贪赃枉法的。"

"……"

几个月后，马可和他的属下就调查清楚不法盐商犯罪的事实，根据元朝的法律依法办理。扣押的走私船就地凿漏，沉入江中；劣质海盐就地处理，或者用作牲畜用盐；非法走私海盐的不法商人，按照元朝法律重判入狱……

从此后，扬州很少有非法盐商再敢冒死偷运海盐。同时，盐商们开始合理合法地进行海盐生意，增加了扬州的税收。

三年后，马可在扬州的任期期满，他奉诏回大都。这次，因为在扬州的出色业绩，马可受到大汗的褒奖。

"马可，你是元朝值得信任的清官……"

这年冬天，马可经常进出忽必烈大汗的皇宫，和大汗无话不说，他已经走进大汗的心中。

"马可，春节前好好歇歇，春节后，我要把你再一次委派到江南任职。"

"谢谢大汗！为元朝、为大汗出力，是我的荣耀。"

履职东南

马可在大都休整的这段时间，正好赶上人们欢天喜地过春节。他和父亲尼古剌和叔叔玛窦住在一起，波罗一家三人其乐融融。

亲情是暖暖的，手足血脉相连。

他知道，过了春节，春天就来到了塞北，草原上骏马就可以尽情奔驰。在南方度过了一个冬天的燕子，飞回到北方的时候，他可能会再一次离开父亲和叔叔。

果然，大汗忽必烈这次正式宣布："马可·波罗将以忽必烈汗钦差的身份，明日离开大都，到江南杭州任职……"

二十多岁的马可再一次远离父亲和叔叔，到元朝一个陌生的地方去履职。

马可数年如一日，对忽必烈大汗忠心耿耿，同时他也得到了大汗的恩宠和庇护。这是他在元朝疆域内履职的保障。

杭州，地处东南沿海，人称"人间天堂"，民谚说"上有天堂，下有苏杭"。

马可知道，苏州和杭州都是富庶的城市。这里环境优美，商业发达，海运也发达。

马可从小就憧憬着有一天能到东方最美丽的天堂去，度过自己最美好的青春时光。

"马可，明天出使苏杭的时候，一定要带上当年忽必烈大汗给你颁发的金牌。有了这块金牌，遇到困难的时候，可以行使特权。"

"记住了，父亲！"

马可从小就知道父亲和叔叔有一块大汗特许颁发的金牌，上面刻有铭文：

以永恒的天神和神圣的大汗的名义，所有人须礼遇持有此牌者，违者格杀勿论。

马可这次带着大汗颁发的金牌南行苏杭，就意味着他在元朝所辖的疆域内可以畅通无阻。

苏州素有"江南园林甲天下，苏州园林甲江南"之美誉，到了江南的人，必到苏州。这里不但有美丽的园林，还有闻名遐迩的苏州丝绸。

　　马可记得父亲尼古剌和叔叔玛窦穿着那一身丝绸长袍出现在威尼斯的时候，威尼斯人无不惊叹东方丝绸的神奇！

　　杭州景色优美。杭州之美，美在西湖。这里曾是宋朝的国都，就在大汗委派马可去杭州履职的时候，这里刚刚被伯颜攻下。

　　在忽必烈心目中，马可没有民族观念，他可以秉公执法，因为他是地道的欧洲人。大汗派马可来杭州，主要是监管那些对蒙古人持有怀疑和敌意态度的汉族人的财政事务。

　　当马可被委派到杭州之后，深深地被杭州的美景所征服。他常常称赞杭州，把杭州形容为世界最美丽的地方。确实，杭州不仅有优美的景色，有琳琅满目的商品，特别是杭州的丝绸；还有美味的佳肴和醇香的美酒，以及漂亮、高雅的姑娘。

　　这里的一切对年轻的马可·波罗来说，实在太美妙了。当时的杭州是外国其他城市无法比拟的。

　　贯穿中国南北的大运河，从杭州一直通到元朝大都，把南北两个大城市连接起来。

　　当时，大运河是人们经商的主要水运航道。修建这条大运河的时候，工程浩大，历时数百年。马可到达杭州任职的时候，大运河开凿工程已经接近尾声。

人间天堂

马可慢慢地开始向中国的江南、东南地区发展，因为这个威尼斯商人的儿子，在这里看到了自己的前途和希望！

马可的父亲尼古剌和叔叔玛窦都曾在水城威尼斯密如蜘蛛网的运河中找到无限商机。

马可说："东南的钱塘江，烟波浩渺，水面宽阔，适宜来往经商的大型船只输送货物。沿海临河地区，往往都适宜发展商业。这些港口最适宜发展远洋贸易。"

"马可，也许有朝一日，你可以有机会到东南沿海城市。从中国乘一艘大船出发回到故乡威尼斯……"

叔叔玛窦的一句话给了年轻的马可无穷的动力，仿佛在一夜之间，他感到浑身有使不完的劲儿。

他在每天晚饭后，只要一有时间，就一次又一次蹲下站起，举起院子里那个石磙。汗水常常浸湿他的衣衫，他用手巾擦了擦脸上的汗水，又继续举石磙。

这时候，一阵风刮过来，掀起他身上那身丝绸大褂，一股惬意的凉爽沁入心脾。

马可到了杭州之后，最吸引他的是杭州的丝绸。他的整个童年都是和母亲索菲亚一起生活在威尼斯，每当他看到母亲身上穿着父亲从遥远的东方给她带回来的那种软软的绸缎，总是感觉母亲就是美丽的圣母玛利亚。

"母亲，我长大以后，一定跟随父亲到东方去看看，东方的虫子是怎么吐出蚕丝的……"

"马可，等你长大了，你就到东方去看看。"

童年的一幕一幕，此时，在马可的脑海中一一浮现。

这次到扬州赴任，马可不仅见到了原来没有见到过的各种蚕丝制品，还见到了最感兴趣的蚕和桑树。

元朝时期，苏杭的丝绸商人一直把养蚕当作商业秘密。数百年来，对于欧洲人来说，蚕丝制作流程和缫丝工艺始终是一个谜。

就是对于中国人来说，丝绸的真正来源也不是很清楚。传说黄帝的妻子西陵氏就开始养蚕抽丝，制作衣裳。在后人的考古发掘中，就经常从古人的墓穴中发现丝线、丝带和蚕茧，甚至还在五千年前的墓穴中发现了象牙杯，杯上画着做丝线的工具和蚕丝线……

马可到了杭州一户蚕桑之家去巡视，他感到既新鲜又神秘："真是奇迹呀，原来能够吐丝的蚕，是这样一种大蚕蛾。为什么这样一直只食桑叶的蚕可以吐出那种圆润、光滑的蚕丝呢？"

养蚕人告诉马可："家蚕原来是野生的蚕，是经历了数千年逐渐进化成家蚕的……"

后来，经过几个月的了解，马可才知道杭州的蚕确实是一种神奇的动物。

家蚕有很强的食欲。它们昼夜不停地吃桑叶，所以生长得非常快。蚕吐丝结茧时，头不停地摆动，将丝织成一个个排列整齐的丝圈，无数个丝圈就结成一个茧。当它吐尽最后一根丝便化蛹变蛾。

……

在西方，最早只有皇室成员才穿丝绸衣衫，普通百姓很难穿上丝绸衣服。

公元前53年，在幼发拉底河的一次战争中，西方人才真正接触到东方人穿着的蚕丝衣裳。

一直到马可·波罗在元朝任职期间，意大利人才学会生产丝绸，而中国当时已经有四千年的丝绸生产历史。

马可虽然作为元朝忽必烈大汗的钦差大臣到了杭州，可是，他并不受欢迎。杭州的老百姓不愿意接纳像马可·波罗这样的个子高高、鼻子尖尖的外国人，因为他们觉得这和蒙古人来没有什么区别。

马可不算太流利的汉语也给他和当地百姓交流带来困难。但是，这一切都没能成为马可想尽可能多地了解杭州这座城市的障碍。

"一个威尼斯商人的儿子，怎样才能尽快融入或者了解一个陌生国度里的城市呢？"马可在杭州的官邸里，给远在大都的父亲尼古剌写信。他想在和父亲的交流中，得到一个理想的答案。

当时的杭州并不算很大。城中河道很多，街道整齐、宽阔，路上有行人，河中行小舟。人来人往，热闹非凡。

这个被人称为"人间天堂"的城市，在城的一边有一个清澈见底的西湖，另外一边还有一条江，叫钱塘江。城内多条河流汇入这条江。城内空气清新，人们可以乘坐小舟在河道里来来往往。

马可任职的杭州是当时中国南方最具人文气息的地方，这里是一个经济发达、文化繁荣、商旅云集的城市。

"京杭大运河就从杭州城中流过，这里出行十分方便。"

马可在杭州行走的时候，一遇到百姓就拱手作揖，或者是微微一笑。长此以往，杭州百姓渐渐接受了这个外国人。

一天，马可正在西子湖畔赏梅，一群十几岁的妙龄少女突然出现在他面前。

"哈哈哈哈……"一串银铃般的笑声，打破了梅园的寂静。

"你是一个外国人吧？"一个快言快语的姑娘跑到马可跟前问道。

"我是威尼斯人，可我在为元朝效力。"

"是啊，是啊……杭州美丽吧？"

"杭州是人间天堂呢！"

"……"

几个姑娘嘻嘻哈哈，在马可穿过的梅园里，像小燕子一样，飞过来，飞过去。

后来，不知道哪一个调皮的姑娘，把一把散落的梅花抛撒到马可的身上。然后，她调皮地做了一个鬼脸儿，叽叽喳喳地跑远了……

马可霎时呆立在梅园，他面前的一切仿佛都凝固成一幅美丽的画面，静止了！

梅园里满树的梅香被一阵风吹来，他深深地吸一口，感觉全身舒服极了。

马可在杭州生活得时间长了，他的朋友也渐渐多了。当地的官吏们，谁家有个大事小情，总会把马可叫过去，视为座上宾。

马可发现杭州其实是一个多元的、包容的城市，在街上，到处都可以看到来自西方的犹太人、土耳其人和日耳曼人，还有蒙古人或者汉族人。大家虽然语言不通、生活习俗不同，但都可以做到和平共处。

这就是杭州，这就是马可心中的"人间天堂"。

马可常常想："无论杭州百姓生活得有多惬意，但这里终究是被蒙古人占领的城市。在老百姓心中，是蒙古人赶走了他们的皇帝和皇后，所以，他们对身着官服的官兵十分反感，更谈不上那些大汗的士兵和将军了……"

当时，杭州城内有六万多名蒙古士兵驻扎，实际上，这些人就是占领军。

"说是防火，其实，防火用得了这么多人防火吗？"马可一想到这里，不禁自言自语。

随着时间的流逝，被元朝占领的杭州，也同其他被征服的城市一样，蒙古人的生活方式也渐渐地影响到了这个城市。当时，最直观的影响就是，当地的南宋货币渐渐地被蒙古纸币取代。

马可·波罗乘船感叹地说："这是世界上最大的港口之一，大批商人云聚于此，货物堆积如山，买卖盛况空前，令人难以想象。此处的每一个商人都付出自己投资总数的10%作为税款，所以，大汗从这里获得了可观的收入。"

元朝占领杭州后，还在杭州修建了一条具有蒙古特色的大街。

杭州的水路交错纵横，行驶在城中水道和西湖上的小船、小舟，一般都是十步到二十步长，可以载十几个乘客。这些小船行驶在宽阔的河面上，看上去很平稳，很少颠簸、摇晃。

美丽的杭州西湖，之所以至今仍然不失她那娴静、飘逸，主要得益于杭州人的精心维护。

马可经过多天走访渐渐知道，西湖是整个杭州之肺，融会江南美景之精髓。正是西湖给了生活在杭州的艺术家以源源不断的创作灵感。

一天夜里，马可在杭州官邸里，没有一点睡意。他习惯性地走到面对西湖的一扇窗子前目视西湖。忽然，一支美妙的曲子随风飘入他的耳中。

他听着听着，仿佛回到了故乡威尼斯，回到母亲索菲亚的身边。这时候，他的思乡之情油然而生。

第二天，马可给远在大都的父亲尼古剌和叔叔玛窦写信，说："有点想家了，我想回到大都。"

果然没有多长时间，马可就给大汗忽必烈捎去一封信，说明了自己此时此刻的心情，希望大汗能够理解他。

大汗从国事这个大局考虑，派尼古剌和玛窦远赴杭州去探望马可，并陪他在江南住一段时间。

不久，父亲尼古剌和叔叔玛窦就到了马可履职的杭州。父亲尼古剌和叔叔玛窦的到来，给马可带来了一些安慰。他暂时把每天官府的工作放下，和父亲尼占剌、叔叔玛窦一起游览杭州西湖的美景。

夜深了，一轮明月悬挂在夜空。圆圆的月亮周围明显地出现了月晕。月有阴晴圆缺，人有悲欢离合。

"父亲、叔叔，你们看，明天一定是晴天！"尼古剌和玛窦点点头，因为他们深信马可有着深厚的天文学功底。

过了几天，马可送父亲和叔叔二人从陆路回大都。马可决定，给自己放一个假，他要用一段时间去到处走走！

第九章

≈

人间冷暖

偶遇关汉卿

当马可优哉游哉地走在杭州街头的时候，他的心早已经飞到九霄云外。他仰望天空，一群南飞的雁群，正排成一个大大的"人"字。

马可此刻的心里正想着自己的童年和少年时期。他划着一艘小艇，穿梭在威尼斯的水巷。那时的他青春年少，朝气蓬勃，没有忧虑，有的是对未来美好的憧憬，有的是对明天的期待！

当马可来到杭州一处戏台附近的时候，很远就看见舞台上男女主角正在表演。

"今天是什么日子？"马可吃惊地问一位坐在临街的小凳子上的老人。

"今天是九月初九，是一年一度的重阳节。"

"是啊，要不我看到临街的店铺都关门闭户呢，原来大家都在戏台下面看戏呀。"

九月初九重阳节，杭州城要在城中最宽敞的戏台演三天三夜的元朝杂剧、戏曲。这三天，杭州大部分商人、百姓、官宦都会来这儿看戏。有时候，也会在宽敞的地方搭建起一个临时舞台。

"马可先生，你今天有时间吗?"马可一看，正好是当地官府的一个官吏。他发现了马可的到来，匆忙起身和马可打招呼。

马可和这个官吏示意，并做出一个安静的手势。

舞台上，正演着的这出戏叫《窦娥冤》，是扬州附近的一位戏曲家写的新戏。之前，马可在扬州做官的时候，和他手下的一位叫郝略的官员曾经看过这出戏。

《窦娥冤》其实全名叫《感天动地窦娥冤》，是一出悲剧。

等这场戏演完谢幕，马可深受感动，找到领班，对他说："《窦娥冤》演得真好! 这出戏是谁写的?"

"是我爷爷的朋友关汉卿……"

"我叫马可，是元朝大汗派到扬州来的钦差大臣。"

"马可大人，听说过，听说过……《窦娥冤》是戏曲作家关汉卿的作品。这位戏曲作家住在扬州郊外，哪天马可大人有兴趣，我可以引荐您去拜访关汉卿……"

"好啊。我愿意拜访元朝的名人。我一定要去拜访关汉卿先生。"

……

　　原来，家喻户晓的元朝杂剧家关汉卿，居住在扬州郊外的一处房子里。这座宅院还有一个几亩地的花园。他知道元朝官吏马可要来造访，这天，早早地就打开门，迎接贵客。

　　马可进门寒暄过后，关汉卿吩咐仆人献上扬州最好的茶。

　　主人、宾客边饮茶，边聊起元朝的社会现实。

　　关汉卿说：“现在，元朝从上到下贪官污吏横行，民不聊生。一些贪官先斩后奏，有令不行，有法不依……”

　　马可听到这些话，字字句句都刺痛他的心。

　　马可激动地说：“今天，我在关先生这里听到这些民间的实情，感到非常惭愧。说句实话，虽然蒙古人统治着江南，但是，南宋的臣民们还是有一颗爱国之心。国家在人们心中永远不会灭亡……”

　　“尽管蒙古人把南宋的汉族人编入最末一等，其实，汉族才是在中国统治时间最长的民族。现在蒙古人所能享受到的一切，大部分都是汉族人创造的。他们勤劳、勇敢……

　　马可并不完全同意关汉卿仆人的极端观点，在西方人的眼里，占领者永远是强者。他们主宰着这块土地，被统治者就是奴隶。

　　关汉卿说：“西方的宗教陆陆续续传入东方，就影响了当地艺术的生存和发展。戏曲只有受到老百姓的欢迎和喜爱，才能听到观众发自内心的称赞和不自觉响起的掌声……"

"……"

"关先生，向你打听一个人。你能提供原来南宋将军张士诚的下落吗?"

关汉卿摇摇头，说："马可大人，我可以通过朋友把张将军的下落告诉你。"

问道青云观

马可拜访完关汉卿之后，一直想到杭州西湖东路的青云观去拜访张士诚，看看他最近还好吗。

青云观坐落在天目山上。

马可在拜访张士诚之前，读了一些道教的书籍，对道教有了初步的了解。他相信，在信仰道教的人眼里，《道德经》就像基督教的《圣经》一样，会成为世界经典。

张士诚所在的青云观，大约有道友二三百人。其中有道士百人左右。女道友中既有妇人，又有少女，每个人不问出身，只穿着一身青色道服，头戴道冠。男女道士都一律把长发高高盘起，身着宽敞、柔软的青蓝色道服。

青云观得知钦差大臣马可将要到来，早早就把道观院落打扫干净。马可和随从一行参观完青云观之后，青云观道长就把来宾礼让进道长丹房。张士诚礼让来宾坐上座，自己陪下座。

马可一面饮茶，一面四下打量道观的丹房。丹房中并没有平常人所谓的炼丹炉之类的东西。其实，丹房只是一个道人静静思索、静心修炼的地方。

道长张士诚说："当年成吉思汗西征，杀人无数，没有一个人敢去劝阻。偶尔有忠臣去谏言相劝，几次险遭杀身之祸……"

"道长说的是实情。"马可应道。

"马可先生来自欧洲威尼斯，来东方的路上是不是路过西域，到过塔克拉玛干沙漠边缘的一个道观?"

"不仅仅路过，还在这个道观住过三日。他们道观供奉的也是太丘真人。"

"……"

说着，张士诚就走上前拥抱马可，深情地说："感谢马可先生上次的救命之恩……"

"这是我应该做的，救人一命，等于苦修十年。这种小事儿不足挂齿，不值得你永远感恩。"

"玛利亚，快过来，快过来拜谢道长的恩人。"

这时候，从丹房外走进来一位清秀的姑娘。她虽然身着道服，看上去却非常美丽。

马可和随从看到这个个子高挑、面容清秀的女子，无不为之倾倒。这女孩看上去宛如仙女，像西方女神维纳斯。

"这是小女玛利亚……"

玛利亚一双水汪汪的大眼睛似乎会说话，"马可大人，感谢你在危难之际救了我父亲的性命，我特别感激。"

张士诚说："我是为了我这个女儿，才来到青云观的……她其实是我的养女，叫玛利亚。"

玛利亚白皮肤，蓝眼睛，一副西域人的面孔。她捧起马可的手，亲吻了一下，以表示对马可的感激之恩。

马可有一点莫名其妙，本来是南宋大将，怎么会有一个西域面孔的养女呢？

马可带着这个问题回到了杭州官府，他希望有一天能揭开这个谜底。

玛利亚　玛利亚

当时忽必烈正忙于东征日本，传令马可缩短休假，回到杭州。他只好与张士诚匆匆告别。

马可离天目山并不是太远，多了一个朋友正好多了一个去处。彼此常来常往，马可和玛利亚渐渐熟悉，加上都是西方血统，他们成了好朋友。

后来，玛利亚告诉了马可自己的身世：她的父亲是意大利人，母亲是法国人，父母从小就相识于亚德里亚商旅途中。

在一次海上旅行中，他们一家不幸遭遇海上风暴。渡船失去了桅杆，开始随波逐流。在海上漂泊了几个月，终于靠了岸。

父亲不幸遇难。母亲没有办法，拖着病重的身体，重返泉州口岸。她在病重弥留之际，把玛利亚托付给当时南宋驻守泉州的著名将领张士诚。

听了玛利亚的讲述，马可更加了解了这位美丽的姑娘玛利亚。他从心中生出了一种莫名其妙的情感，是同情，是依恋，还是爱恋？

世上许许多多的事情都是在懵懵懂懂中逐渐明朗的，马可和玛利亚的男女情感亦是如此。

马可从天目山青云道观回到杭州，他作为元朝的钦差大臣，公务繁忙，有很多事情要做。当时，马可和从大都来的郝略决定一起彻底查处苏杭地区和扬州的贪污腐败问题。他还要督促地方官吏，解决当地百姓生活问题。

回到官府衙门后，马可就发现原来保存的税务档案都不见了。马可身体力行，亲自到杭州郊区暗访百姓，调查、了解他们每年所交赋税情况。他经过调查、走访发现：百姓实际缴纳税赋和登记在案的数目不一样！其中，三分之一赋税没有入缴国库，而是被一些贪官私吞、挪用。

本来一些农民不应该交税，当地税官却强制征税。即使自然灾害的严重年头，这些污吏也不放过农民，强征高额赋税。

　　马可不动声色地整治贪官，悄悄地拿到这些贪官贪污的证据，再重新布局，一网打尽。

　　……

　　"马可先生，有你一封信。"

　　"是大都的信吧？"

　　"青云观一个道姑送来的……"

　　"青云观？道姑？不会是玛利亚吧？"

　　马可心里七上八下的。他一想到玛利亚，心就"咚咚咚"跳个不停。每到夜深人静的时候，玛利亚清秀的倩影就浮现在马可脑中……

　　"玛利亚，你虽然是白皮肤、高鼻梁、蓝眼睛，可是，你的生活方式、举止言行和想法，彻彻底底是个中国人啊。"

　　"你说得太对了！就像你一样，你虽然是意大利威尼斯人，可是，你从西方到了东方，逐渐吃惯了草原的牛肉、羊肉，不也变成了地地道道的蒙古官吏吗？"

　　玛利亚说到这儿，发出一串儿银铃般的笑声，顷刻间就消失在河畔树林里。

　　"玛利亚——！玛——利——亚——！"

　　"我在这儿……你过来呀……"

　　"我找不到你了……你在哪儿？"

　　就在马可到处寻找玛利亚的时候，玛利亚突然出现在马可身后，一下子用双手蒙上了马可的双眼。

这时候，马可就幸福地笑起来。

"笑什么？你知道是谁捂住了你的眼睛？"

"不知道，不会是谁家的丫鬟吧？"

"你也太坏了，我怎么会是丫鬟呢？我是：玛——利——亚——！"

"……"

马可长这么大，可是从来没有这么近距离接触过一个姑娘。刹那间，他感觉到一股暖流涌遍全身。

后来，马可回到官府，总觉得心中有一条长长的绳索，紧紧地牵着他的心。

马可回过神来迫不及待地拆开信："这段时间身体不适，请你不要担心。"

马可听说玛利亚身体不适，就想她一定有什么不顺心的事儿，不然，她不会捎过信来。他和手下随从说："我到天目山青云观去讨点丹药，就不用你们随从了。"

说完，就匆匆离开官府，直奔天目山去。到了天目山青云观前，他就让道童给玛利亚传信。

过了大约几个时辰，玛利亚走出道观，直奔山门。见到日思夜想的好朋友马可，两行热泪就流出眼眶，泪珠晶莹剔透，像两串断了线的珍珠一样滚落下来。

马可帮助玛利亚擦拭掉泪珠，两个人一起顺着山路走进天目山深处。

马可说："玛利亚，有一天我离开杭州，回到大都，你会和我一起去大都吗？"

"哎呀！马可，我怎么会到蒙古人居住的地方去呢？"

"我们住一起，我可以保护你。"

"别胡说了，那我不是背叛南宋了吗？再说，我义父对我恩重如山，我不能轻易离开他。"

"总有一天，你要离开的……"

"只是我不是男子汉。如果我是男子汉，我一定会实现我义父的心愿！"

"玛利亚，这话可不要乱说，传出去是要杀头的。"

"我相信，江南早晚有一天会属于南宋。"

"你不要天真得像一个孩子，你看看，现在江南是谁的天下？"

玛利亚生气了！她不理马可，自己一个人急匆匆消失在天目山丛林深处。

马可在玛利亚身后，仅仅追随她，"玛利亚！玛利亚！等等我——"

一直到马可追得气喘吁吁，玛利亚才停下来："你不要再追我好不好？"

"这不是，不是天要下雨了吗？"

这时候，本来阴着的天，淅淅沥沥下起雨来。玛利亚站在小雨中，怎么也不回来。马可用自己的衣衫遮住雨，不让这深秋的雨浇在玛利亚的身上。

玛利亚紧紧地拥在马可的胸前。马可顺势把自己的衣衫搭在玛利亚的身上，两个人相拥在一起。

时间仿佛在这一刻都停止了。

开始是渐渐沥沥的小雨，后来渐渐地下起了瓢泼大雨。雨幕中，马可和玛利亚两个人都能听到彼此的心跳……

马可带着玛利亚躲进附近一个山崖的石洞里。这个石洞虽然很小，但是，这里完全可以容下两个人。他们憧憬着未来，不知不觉，两个人的面前出现了一幅既温馨又浪漫的画面：玛利亚跑啊、跑啊……马可在风雨中追赶着玛利亚……

两个年轻人一直相拥到大雨停止。

"我们回去吧，如果我不回去，义父会很着急的。"玛利亚说。

马可和玛利亚手牵着手走下山。分别的时候，马可说："明天见！玛利亚。"

"明天见——"

果不其然，大约过了几个月，本来在天目山青云观潜心修行的南宋将军张士诚，经过多年卧薪尝胆，苦心经营，开始了反元复宋起义。

时间不长，张士诚领导的义军就把杭州、苏州和杭州附近几个地方的元军逐出江南。

忽必烈马上派出重兵，残酷镇压张士诚的队伍。

张士诚的起义队伍很快就被赶尽杀绝。张士诚和几个起义的组织者也先后被捕。

张士诚等起义组织者被捕之后，玛利亚继续义父未竟的事业，以天目山高大的丛林做掩护，继续抵抗元军的搜捕行动。

为了能够救出义父张士诚，玛利亚在夜深人静的时候，换上道服，独闯大都。

谁知道，元军防守严密，怎奈玛利亚单枪匹马，不但没能救出义父，自己反而被擒拿。

元朝大汗忽必烈明确下令，江南所有叛乱分子，无论男女老少，格杀勿论！

这可愁坏了马可，他怎么也没有想到玛利亚会是这等倔强，这等刚烈，这等豪侠义气，竟然胆敢独闯大都！

无论怎样，马可义无反顾，为了玛利亚宁可被大汗辞官，贬为农夫。马可找到侦办张士诚叛乱案的主审官八思巴，想通过金钱疏通一下。可是，马可得到的回答是："我必须服从大汗的旨意。没有惩罚你，想必你已经够幸运的了……"

"八思巴将军，玛利亚只是一个普通道姑，搭救义父只是亲情驱使，和政见无关。如果是你的父亲被抓进牢，你也不会轻易放弃吧？"

"那倒是，亲情嘛，这是人之常情。"

"张士诚等数个叛乱首领已经被行刑官斩首了……"

"是啊，把几个叛乱首领斩首了，战乱平息了吗？"

"没有一点平息的迹象。特别是江南一带，风起云涌，四处揭竿而起。"

"八思巴，救救玛利亚吧。我不仅仅向上帝祈祷，也同时向佛祖祈祷……你是一个有信仰的人，救人一命，胜造七级浮屠。"

八思巴被马可的真诚所感动，他自言自语道："也许我可以找到救玛利亚的办法。"

"只要有办法就行，不管什么办法。"

"代价很大的，也可以说是十分昂贵的。"

"你要多少金银财宝，我都愿意出。"

"马可，我们在朝中共事多年，你可千万不要以小人之心度君子之腹。我所说的代价，并不是指金钱……"

"那不是金钱是什么呢？"

"你如果答应，三天以后，到城郊灵隐寺……"

"好。"

三天后，八思巴把马可带到大都郊外的一座大佛寺。

一进寺院，马可就遇到一队尼姑从他身边走过。他仔细地注视着每一个人。

这时候，马可的心"咯噔"一下，仿佛眼前出现了幻景：玛利亚穿着和其他尼姑一样的灰色长袍，头发已经剃成光头。

这时，她显得更加美丽、清秀，叫人越发爱怜。

"玛——利——亚——！"

玛利亚听到了呼唤，没有回头，而是选择了和众尼一样，匆匆走过佛殿。

"马可先生，放下吧，把一切都放下吧！……"

马可的心冰凉冰凉的，他知道自己作出了牺牲，才可以救玛利亚一命。他在佛前发誓：永远不会再来打搅玛利亚。

玛利亚最后看了一眼马可，这一次目光的交织，可能是他们这一生中最后一次。他们仿佛如隔世，虽近在咫尺，却遥不可及。

从此，这座寺庙里多了一个尼姑，马可在人间却永远失去了一个知己！

……

第十章

≈

衣锦还乡

回家的路有多远

1292年的春天似乎比任何一年都来得晚。马可走在大都的街道上，寒风想方设法地往他的脖领子里钻。尽管他穿着肥大的官服，可还是经受不住这个季节的寒冷，还是戴上了那顶独具蒙古特色的毡帽。

马可知道，当这一年秋天到来的时候，自己就三十八岁了。

常言说：三十而立，四十而不惑。马可即将到了不惑之年。他和父亲尼古剌、叔叔玛窦一起历经千辛万苦，从威尼斯到了中国，为大汗忽必烈效力十七年。可是，他仍然感觉自己一事无成。

尽管马可平时都表现得冷静、沉着，凡事三思而后行，但是，每当一听到故乡威尼斯的消息，就兴奋得手舞足蹈。

马可在中国生活的这十七年的收获，就是他的经历，是他走南闯北的独特经历。

马可有一个习惯，就是不管每天多么繁忙，到了夜深人静的时候，都不忘在自己的本子上记下自己人生旅途中的每一次经历。

"我将来一定要写一本书，来记下我的这段经历，特别是在世界的东方中国的独特经历……"

马可心里这么想着，他愈发感觉这么多年的付出是值得的，是自己人生的一笔巨大的财富。

马可常常自称是一位普普通通的行者，所以，他从来没有刻意去发现什么，也从不说自己是一位探险家。他知道，自己所经历过的一切，都是出于机缘巧合，从来没有在行动之前去精心谋划。他没有想自己会得到什么，而是凭自己的感觉，即兴发挥，随遇而安。他是一个生来就注定要行走江湖、浪迹天涯的旅人。他心中明白自己该如何和远行路上的各种人打交道。

虽然马可是威尼斯商人的儿子，他自己也是一个十分成熟、十分精明的商人，但是，他总是在帮别人，自己却从不奢望发财。他明白：自己的旅行经历其实就是自己独特的财富。

在中国的这十七年，虽然他也对珠宝和黄金感兴趣，但是远远不及忽必烈大汗的伟大人格对他更具吸引力。

……

随着年龄的增长，马可越来越感觉时间对他的宝贵，越来越感觉自己应该做点什么："父亲，我想我们应该早一点向忽必烈大汗告辞，回到威尼斯。"

父亲尼古剌头发已经斑白，看着已经三十多岁的儿子马可，苦笑半天，反问马可："马可，你不感觉你的想法太天真了吗？你想你能用什么方法说服忽必烈大汗呢？"

"希望有机会能让大汗了解我们的想法……"

"我和你的叔叔玛窦，已经多次和大汗忽必烈说明了我们的想法。我们年龄逐渐大了，精力锐减，眼神儿都不如当年。可是，大汗从不答应。"

"是啊，父亲，我们如果想说服大汗，就总会有机会的，总会找到一个合适的理由，他没法拒绝的理由……"

尼古剌点点头，拍了拍马可的肩膀，哈哈笑起来。

在岁月和时间面前，谁都无奈，无论平民百姓，还是皇帝官宦。

当年，成吉思汗励精图治，从弱小的草原起家，经过多年的征战，拓宽了疆域，形成跨越东西方的强大帝国。

到了忽必烈大汗时代，贪官污吏盛行，国家资产流失严重，许多贪官中饱私囊，损公肥私……这些国家和民族的蛀虫，渐渐地挖空了国库，挖倒了帝国大厦。

十七年，在遥远的历史长河中，只是短暂的一瞬间！

马可在这十七年中，目睹了一个国家的由盛到衰。忽必烈大汗年龄逐渐增大，管理国家也有一些力不从心了。

尽管马可几次想寻找机会向大汗辞官，大汗却一直没有答应。他们想在自己有生之年回到自己的祖国，回到自己的故乡几乎成了奢望。他们甚至都想过，如果有一天大汗忽必烈驾崩，他们还是否可以安全回到威尼斯？

"我们一定要抓住机会，想方设法向大汗辞掉官职……回到故乡！"

马可常常在漫漫长夜里，不断思考这件事。

随着时间的流逝，波罗家族当初那种美好的愿望和憧憬，渐渐变成了他们生活中的一种困扰。

"如果大汗在我们离开中国之前去世，那么，我们回到故乡的希望将变成泡影。"尼古刺有些失望。

马可说："我们争取在大汗在世的时候返回威尼斯……"

他们终于抓住一个机会：

一天，尼古刺看到大汗忽必烈心情不错，满脸笑容。他赶忙跪在大汗面前，说："大汗万岁！我请求大汗准许我们波罗家族三人回家探望，我们已经十七年没有回过威尼斯，回到我们的故乡……"

"尼古刺，你们为什么要回到战乱的欧洲呢？如果你们需要黄金或者其他珠宝，我一定满足你们……"

大汗忽必烈说这话的时候是认真的，他是想让波罗家族一直留在元朝为官。

尼古刺跪在忽必烈大汗面前，长跪不起："我向您正式提出辞呈，我们不是想要多少黄金、珠宝，而是我们在威尼斯还有家室。按照基督教教规，只要家人还活着，我们就不能放弃他们，舍家寻求荣华富贵。"

听了尼古刺的请求，大汗忽必烈思考了好长时间，深情地对尼古刺说："这么多年，波罗家族三人忠心耿耿，一心报国，我忽必烈终生感谢波罗家族，我不愿意你们离开……"

在留还是不留的问题上，马可和忽必烈大汗僵持不下。

公主远嫁

伊儿汗国国王阿鲁浑的妻子去世了。

前任王妃生前留下遗言，除了他们家族中的女子，任何人都不得在她死后成为阿鲁浑国王的妻子。

阿鲁浑国王一直与忽必烈大汗保持着十分友好的关系。在妻子死后，阿鲁浑国王派出特使觐见大汗，请求大汗将卜鲁罕王妃家族的某个女子嫁与阿鲁浑为妻。

阿鲁浑和忽必烈大汗是朋友，所以，大汗就按阿鲁浑国王的要求，将阔阔真公主许配给阿鲁浑为妻。

阔阔真只有十七岁，漂亮贤淑，天真烂漫。她还长着蒙古族女孩中并不多见的蓝眼睛。

三位远道而来的特使一看到阔阔真就很满意。他们相信自己的国王也会满意这位东方的美女做妻子。

忽必烈大汗十分欣喜地对来自波斯的使臣说："阔阔真公主是你们国王和王后所期待的皇族之后，阿鲁浑可以放心迎娶阔阔真公主为妻……"

大约过了一个月之后，阔阔真公主就做好了远嫁伊儿汗国的准备。元朝派出了一支庞大的送亲陪嫁队伍。他们辞别大汗，沿着三位使臣前来求婚时的陆路，开始了长达八九个月的旅程。但是，出发没多久，送亲的队伍就遇到了麻烦。

几位鞑靼王之间发生了战争，送亲队伍的去路被封，无法前行。无奈之下，他们只好原路返回，向忽必烈大汗汇报旅途中发生的一切。

求亲使者的返回，这对波罗家族来说，是一件好事儿。他们正好可以利用这次机会回到日思夜想的威尼斯。

三位使臣见到尼古剌、玛窦和马可后，为他们这种舍小家，为忽必烈大汗效力十七年的精神所感动。使者听了波罗家族的打算后，就建议他们和送亲的队伍一起乘船走海上丝绸之路。走海上丝绸之路有两个原因：一是为阔阔真公主考虑，因为陆路行程异常艰难；二是波罗家族对海上丝绸之路特别熟悉，特别是对必经之路印度洋……

忽必烈大汗听了使臣的想法之后，非常同意让波罗家族一同送亲，因为大汗知道马可和他的父亲尼古剌、叔叔玛窦三个人都有非常丰富的航海经验。

忽必烈大汗还是担心波罗家族三人从此返回威尼斯，再也不回来。但是，从大局考虑，忽必烈大汗没有办法，只好同意波罗家族三人和阔阔真公主同行。

"尊敬的大汗，我们把阔阔真公主送到伊儿汗国之后，我们回到威尼斯住上一段时间，我们一定会再回来……"

波罗家族三人在东方已经漂泊多年，嘴上虽然答应忽必烈大汗，但是，他们早就铁了心这次回威尼斯后不再回来。

这一次，马可将实现自己从小立下的宏伟愿望：走海上丝绸之路，从东方回到西方！他要做一名真正的丝路奇侠，到人生的大海中，迎风破浪，中流击水。

扬帆远航

波罗家族将要离开大都，大汗忽必烈对他们三人依依不舍。忽必烈大汗是一个讲义气的帝王，他又专门赐予波罗家族一块大元帝国金牌，祝愿他们的海上丝绸之路之行一路平安。忽必烈大汗赐予马可他们的这块金牌做工精细，并在金牌上镌刻着蒙汉等几种文字：

　　　　路过的地方官府必须保证持牌人的生命和财产安全。路过的地方官府必须负担他们一行人的所有费用，而且还要派出护卫保证他们安全畅行。

大汗希望波罗家族三人能够在故乡待上一段后，再回到元朝。同时，大汗还交给马可一项重要的外交使命："我希望你们代表大汗去拜见教皇，还有法国、英格兰、西班牙和其他一些国家的君主……"忽必烈还让波罗家族带去一些给其他国家的外交信函和礼物。

一切准备就绪之后，波罗一行就要出发了。

临行前，忽必烈大汗还慷慨地赏赐了波罗一家，并以此显示国威。

这次分别也许是波罗家族三人最后一次与好朋友忽必烈大汗分手，再一次相见，真不知道要等到何年！

临行前，波罗家族再一次行跪拜礼，忽必烈大汗拒绝了。他扶起波罗家族三位有功之臣，紧紧拥抱着他们。

马可发现，忽必烈大汗竟然落泪了……

"没关系，大汗，我还会回来的……等着我！"

"你们到了故乡，短暂休息以后，早一点回来。再回来，一定把家人带到东方来……"

尼古剌和玛窦都老泪纵横，他们知道这次分别将成为永别。

……

波罗家族和送亲队伍一行，经过十八个月，终于到达阿鲁浑的伊儿汗国。这次航行中数次遇到巨大风浪，大家九死一生，非常艰辛。

启程的时候，不包括水手，差不多有六百多人。到了目的地后，仅仅剩下十八人……不管怎么样，侥幸的是阔阔真公主活下来了。

马可一行在到达伊儿汗国之后，才发现阿鲁浑国王已经战死，只好把阔阔真公主许配给他的儿子合赞。

波罗家族一行三人取海道，从福建泉州向西航行，经苏门答腊、斯里兰卡，直接驶向波斯湾的霍尔木兹，从此登陆。经大不里士到特拉布宗，由此坐船经伊斯坦布尔，于1295年回到了阔别二十多年的故乡威尼斯。

时间一晃回到了1294年2月，这个时节是蒙古历新年。

忽必烈忙碌了一整天，到天黑的时候，他感到身心俱疲，连给他拜年的人都没有力气接见了。这个时期，元朝军队在远征中节节胜利，捷报频传。

这一切，对于忽必烈来说，他都不再关心了……他已经耗尽了最后一滴心血！

这一年的2月18日，忽必烈大汗突然驾崩，享年八十岁。

两天之后，送殡的军民从皇宫出发，缓缓行进在茫茫草原，将大汗忽必烈的灵柩送到肯特山脉埋葬……

此时，在西方，波罗家族三人正在返回故乡威尼斯途中。马可他们三人得到大汗忽必烈驾崩的消息失声痛哭。

马可家族把一束鲜艳的波斯菊扔到大海上。因为马可相信，他们对忽必烈大汗的祭奠，一定会随着洋流，漂到元朝的疆域。

第十一章

〜〜

蓝色乐章

游子归来

斗转星移，时光飞逝。

1295年，波罗家族三人历尽千辛万苦，终于回到阔别已久的故乡威尼斯。

父亲尼古剌离开故乡的时候，正值中年。他个子高高的，步伐矫健，走在路上掷地有声。一双宽大的手掌，可以攥得住狂风巨浪中那冲天的粗缆绳。一双黄色的眼睛，看上去像两泓深邃的湖水。

叔叔玛窦比兄长小几岁。小的时候，总是跟在哥哥的身后，哥哥总是想甩掉这个小"跟屁虫"，可是怎么也甩不掉。没有办法，哥哥说："你再跟在后面，当心我把你带到大山里，让狼把你吃掉……"正是这个言语不多的弟弟，在和哥哥从西方到东方的时候，发现了跟在尼古剌身后的草原狼……玛窦有一脸大胡子，行走在异乡的时候，总是有人认为他是哥哥，尼古剌是弟弟。

　　还有马可，他和父亲从威尼斯踏上东方蒙古帝国的时候，才十七岁。虽然他个子高高，但是，看上去嫩嫩的，如果用手指一掐，都能掐出水。他从小就好奇心强，常常向母亲索菲亚提出各式各样的问题：

　　"母亲，天上的月亮为什么是圆的？"

　　"为什么有时候还会是月牙儿呢？"

　　"……"

　　"是不是月亮有时候被天狗咬去了一半？"

　　母亲总是说："这些问题等你长大读书了，就知道是怎么回事了。"

　　马可带着无数个为什么，走进了学校，走到了老师身边。他聪颖好学，不耻下问，常常把老师问得不耐烦。在和父亲尼古剌、叔叔玛窦一起前往东方的路上，他用他的智慧战胜了无数困难，最终到达了中国。

　　……

　　波罗家族三人，坐着威尼斯水城特有的那种小船，渐渐地朝家的方向走，寻觅着故乡那条水巷。

　　"尼古剌，我们的家不会没有了吧？"

　　"应该不会吧，我们走的时候，可是告诉姐姐和姐夫，我们很快就会回来的。"

　　满脸胡子的玛窦一边看着威尼斯水巷，一边和哥哥尼古剌说着过往。

马可说："我们走的时候，姑妈和姑父都还健康，虽然年龄大了点，还不至于不认识我们吧……"

"时过境迁，必定我们已经离开故乡二十五年了。"

他们三人兴奋地看着自己的故乡出现在眼前，马可兴奋地呼唤："到了！到了——我们的家就要到了！"

叔叔玛窦对马可做了一个手势，说："先别嚷嚷，我们还不知道我们不在威尼斯这些年，家中发生了什么……"

尼古剌一声不吭，他似乎预感到了什么。

到了家门口，尼古剌故意放慢了脚步，玛窦开始从船上搬行李。马可什么都不顾了，他飞也似的跑向家门，他希望自己第一眼看到的是姑妈。

这是他们熟悉的门牌号，也是他们日思夜想的那个家。

"咚咚咚……"马可迫不及待地敲响家门。

"没人应。"

"再敲敲，也许姑妈不在家。"

马可再一次敲门，"咚咚咚……咚咚咚……"

过了好半天，马可三人准备掉头走开的时候，他们家的门开了。从开着的门缝儿里探出一个妇人的头，一双眼睛怒视着门外的三个人，大声吼道："干什么？不知道现在是人家休息时间吗？"

"对不起！对不起！……我们刚刚从东方回来……"

"真见鬼！你们是从东方来到威尼斯的吗？鬼才相信呢！"

"咣当——"家门就这样被紧紧地关上了。

波罗家族三人默默无语，只觉得世事无常。二十五年前，马可正值青春年少，尼古剌和玛窦也正值中年。如今，中年人已经白发苍苍。马可也已人到中年，满脸沧桑。

因为多年没有和他们的亲人联系，大家都以为他们三人不在人世了。

当年身为商人的姑父，因为经营不善，早已负债破产，资不抵债。无奈，只好把波罗家的房屋抵债，他们到威尼斯别处另寻住处……

没有办法，马可他们只好雇了一艘小船，把从东方带回来的十几箱行李寄存起来，先找了家旅馆住下来。

波罗一家刚刚走到街上，就听到一队队的威尼斯士兵从几个方向包围上来。

"鞑靼人，你们投降吧——"

"我们不是鞑靼人，我们是威尼斯人……"

士兵不由分说，就把这三个夜闯民宅的身份不明的人捆绑起来。市政官围着波罗家族三人来回踱步，仔细询问他们："你们是哪里人？是鞑靼人吧？"

"我们是威尼斯人……"

"哈哈哈……别胡说了！我怎么看你们三个都不像威尼斯人呢？"

在东方生活了二十五年，波罗家族三人现在不仅对威尼斯方言生疏，他们的言谈举止都东方化了。他们身上穿的是鞑靼人的衣着，都是粗布衣裳，而且已经破破烂烂。

尼古剌、玛窦反复说了半天，也没有说明白他们自己的身份。马可急中生智，拿出忽必烈大汗临行前颁发给他们的文书和金牌，才得以摆脱市政官的追问。

市政官详细询问了波罗家族出行东方前的家族情况。情况了解清楚后，市政官对尼古剌说："误解你们了，你们应该是威尼斯城的骄傲……"

原来，尼古剌告别姐姐和姐夫后，这个家就发生了大翻地覆的变化：姐夫把房产卖给了别人，房产钱用来抵债，房屋自然就不属于他们了。

马可的叔叔玛窦，这次回家也同样遇到了麻烦。二十五年过去了，他想方设法、竭尽全力找自己的妻子萨沙，萨沙虽然还认得他，但是，她无法接受穿在玛窦身上的那件又脏又破的蒙古袍……

一天，玛窦不在家，妻子把玛窦身上穿着的那件旧蒙古袍送给了威尼斯大街上的流浪汉。玛窦一回到家，就发现那件蒙古袍不见了。

原来，玛窦在元朝做官的时候，为了安全起见，把那些金银财宝都偷偷缝进了蒙古袍里。

好在威尼斯城不大，第二天，玛窦就找到了那个流浪汉。

他请那个流浪汉吃了一顿大餐，流浪汉就把那件破旧的蒙古袍还给了他。

围观的人们都以为玛窦是一个流浪汉，玛窦有嘴也说不清，自己还挨了几个威尼斯老人抛给他的臭袜子、破鞋子。

……

尼古剌和马可父子多年在东方居住，无论是穿衣打扮，还是口音，已经东方化了，无法取得亲戚的信任。

他们回到故乡的时候，房屋已经被人霸占，大家认为他们早就死于东方，不在人世了！

马可和父亲只好暂时居住在威尼斯的旅馆。他们想：时间可以改变一切，包括误解和怀疑。

他们现在是有家不能归家，有故乡，故乡人已经不认故乡人。

白天，马可和父亲分头处理二十五年前那些家庭房产的纠纷。夜晚，他们很晚才回到旅馆。一直到夜深人静，马可辗转反侧，怎么也睡不着。刚刚入睡，他耳边隐约传来大汗忽必烈的声音："马可，大汗命令你和其他将领，率领大军征讨日本！"

"遵命，大汗！"

蒙古帝国东征日本列岛，兵分两路出发。1281 年 5 月，元朝将领忻都和洪茶丘等率东路军四万，分乘战船九百艘，从高丽半岛合浦出发，偷袭日本列岛对马、一歧两岛后，在日本九州登陆。

日本守军有了之前抗击元军的经验，他们在九州沿海构筑工事，与征日元军进行激烈的大巷战。元军未能征服日军，只好退出战斗，到了九州岛附近的鹰岛。后来，尽管再一次组织元军偷袭对马岛，但是，已经没有机会再登陆九州岛了。

南方十万元军由阿刺罕指挥，阿刺罕不懂航海，实际上是由南宋投降将领范文虎指挥战斗。

1281年6月，十万江南元军乘战船三千五百艘，浩浩荡荡离开宁波北上，开始了征服日本的旅途。

十万大军到达日本平户，与东路军会合，大部分元军屯兵鹰岛。东路军当时比较复杂，既有蒙古军，又有高丽军和汉族军队。由于元军内部将领意见有分歧，且日军防御严谨，元军迟迟没有进攻。

进入当年8月，日本海刮起飓风，使得大多数元军船只被撞坏损毁，元军将士大部被飓风刮进大海，葬身鱼腹。

风浪过后，没有淹死的元军只好争抢剩余的船只，仓皇逃命……一部分元军被日军俘虏，日本军队把元军逼到八角岛，将其大部分杀死，只留下一些伤残元军做奴隶。

从此，元军不再敢扩张一寸国土，也没有再去征讨日本……

马可侥幸回到元朝，如实和忽必烈大汗汇报了元军的现状。大汗已经意识到，随着自己的年龄一天一天增长，江山越来越不稳固。

"大汗，我希望元朝今后少发动一些战争，多一些和平。这样，国家越来越强大，百姓也可以安居乐业。"马可劝忽必烈。

此战之后，元军除了固守国土之外，就是屯兵垦荒，保家卫国。因为没有了战事，百姓得以繁衍生息，元朝国力渐强。

但是，马可当时就上书大汗忽必烈说："对于日本这个民族，要么就别征讨他们，如果征讨他们，就要一鼓作气将其征服。否则，他们就会东山再起，伺机袭扰……"

马可当时预料得果然正确，元朝末期，倭寇依靠海上优势，袭扰元朝东南沿海。倭寇就是那些当年好战日本人的后代，对元朝恨之入骨。

东南沿海常常有倭寇的大船出没，抢掠元朝富庶的沿海城市，烧杀抢掠，无恶不作。

……

"大汗，倭寇来了！倭寇来了……"

父亲尼古剌知道儿子马可做噩梦了，轻轻地拍了拍他的被子。马可摇摇头，睁开曚昽的睡眼，说："父亲，我们这是在哪里？"

父亲尼古剌苦笑了一下，说道："孩子，我们这是在威尼斯啊，我们回家了。"

父亲尼古剌鬓发斑白，老泪纵横，深情地对马可说："早一点睡吧，明天我们还要到市政府，去追回属于我们的房子。"

"知道了。"

皎洁的月光从窗户照进来，洒在马可的床上。

"百万宅"和"百万君"

马可父子秋天时回到故乡威尼斯，开始住在一家小旅馆，后来，住在一个亲戚的房子里。

春天到了，威尼斯的天空湛蓝湛蓝。一群群水鸟儿停在运河上，在水上舒展着自己的羽毛。岸边，来自各地的游人把一些蛋糕渣、面包片和一些玉米粒儿投给运河中的水鸟。水鸟儿们飞上飞下，争抢着人们投给它们的食物，叽叽喳喳，欢呼雀跃。

"马可，今天是一个好日子，我们把行李搬回我们的家吧……"

"好啊，父亲。"

一大早，春风吹拂着马可的脸庞，他满脸幸福。几艘小船满载着波罗家族从东方带回来的行李，陆续把行李搬回波罗家族的老屋。

通过尼古剌和玛窦的不懈努力，终于从霸占波罗祖宅的人手中争取回来属于自己的房子。

但是，尽管波罗家族搬回了祖宅，亲戚、邻居似乎还是议论着："你们看看尼古剌和玛窦兄弟，虽然离开威尼斯二十五年，还是那一份穷酸样。"

"是呢，你看他们穿的那一身蒙古袍，全身到处都是污秽，看上去像一个乞丐。"

"……"

马可从威尼斯一条窄窄的小巷走过，在小巷的拐弯处，总是有那么一群人指指点点，窃窃私语。他总是对这些无聊的人报以微微一笑。

马可虽然有一些失落，但是，他一瞬间就把这些人的议论都丢到脑后了。不知不觉间，他仿佛回到了当年作为元朝特使出使印度的日子……

当时，马可和元朝的使团从东南海港厦门出发，乘坐一艘体型庞大的海船，向元朝附属国安南和马来西亚航行。在海上，马可一行迎风破浪，风雨兼程十几个昼夜，终于到了安达曼群岛和印度。

航海途中，马可为了忘却对女友玛利亚的思念之情，他向随行的船长学习航海经验。常常在夜深人静的时候，独自一个人来到甲板上向茫茫的大海深处眺望，他总是希望在茫茫的大海中，会出现玛利亚的身影。一个大浪打过来，远航船的甲板上仿佛下了一场瓢泼大雨。腥咸的海水打湿了马可的衣裳和头发。他用手抹一把，满脸都是海水和泪水。

当马可率领的使团从印度东海岸马八儿国登陆的时候，正好是春天。马八儿国是印度南部最富庶的岛国，这里四季风景如画，到处都生长着高大的椰子林。

这个盛产珍珠的国家，每年都要派出许许多多大船到大海深处采撷珍珠。出海前，婆罗门教要对着大海念咒。传说，咒文会让大海里的大鱼都躲避开，不能伤害采珠人。这些采珠人采回来的珍珠一大部分都要交给婆罗门。

当一切都准备妥当以后，采珠船就会乘风破浪，开始远航。到了采珠的海域，他们便抛锚潜入深海采撷珍珠。

因为当时采撷珍珠靠的是采珠人的水性，所以，下海一次十分不易。当这些采珠人实在支持不住的时候，就要回到海面上，换换气，或者到采珠船上休息一会儿。然后，他们还会无数次往返于海中和船上。采珠人就是这样反反复复。他们把从海底采撷到的珍珠蚌、贝壳打开，放在船舱水桶中浸泡，待到海贝肉全部烂掉，里面的珍珠就沉到桶底了。

那个时候，采珠人都是冒着生命危险在采撷珍珠。

当时的国王聚积了无数的金银财宝。当国王死后，任何人都不能动用这些财宝，而是把这些无价珠宝都储藏起来，这样，国王就可以一代代传下去……

……

马可想到这里，不禁哑然失笑："对每个人而言，钱财都是身外之物。即使你家财万贯，最后都无法带走。"

马可到了家里，敲开了他熟悉的老宅，仿佛是母亲索菲亚给他打开回家的门。马可定睛一看不是母亲索菲亚，而是父亲尼古剌。

此时，尼古剌两鬓斑白，接近暮年的父亲，风采不比当年。父亲一生不知积攒了多少财富，赚了不知道多少钱，到头来，也就带回来那么几箱行李。

"马可，我们虽然回到故乡威尼斯好几个月了，还没有拜谢亲戚、朋友和左邻右舍。我们择日要好好回报一下这些人。"

"好的，父亲……"

为了周末摆宴招待亲朋好友，马可和仆人整整忙活了好几个昼夜。波罗家的老宅子已经在威尼斯存在了数百年，如今，为了接待亲戚、朋友，马可力争做到一尘不染。这样，既表达对来宾的尊重，又是自己对波罗家族这份传承的珍视。

"马可，我的儿子，不管我们的亲戚、邻居怎么评论我们，用什么眼光看我们，我们都要对他们好。"

"是的，父亲。我相信不管亲情冻得多厚，都会随着春天的到来慢慢融化……"

"好！这才是我们波罗家族的风范。马可，你今天终于长大了。你是父亲的骄傲，也是我们波罗家族的骄傲。我深信，未来你一定是威尼斯的骄傲……"

"父亲，儿子不会辜负您的期望。我想有一天，不仅仅让威尼斯骄傲，要让整个世界为我骄傲。"

"哈哈哈哈……"尼古剌从来都没有这么高兴过。在人生的旅途中，他虽然走过千山万水，去过海角天涯，走过草原大漠，走过高山丛林，可是，他从来没有像今天这么自豪过。

第二天，晴空万里，阳光灿烂。

波罗家向整个威尼斯都敞开家门，因为他们感觉所有威尼斯人都是他们的亲人。因为来客越来越多，最后，波罗家族的家宴变成了威尼斯全城的宴席。街坊邻居听到波罗家今天要摆宴席，都高兴地走出家门，要来凑个热闹。

亲不亲，故乡人。

"在东方的时候，我多想听到乡音啊，那个时候，只要是从威尼斯过来的人，都是我的亲人……"尼古剌今天似乎是很激动，刚刚和众多的威尼斯人讲到这一句，就已经泪流满面。

马可似乎比尼古剌更镇定一些，他说："今天，我们波罗家族三人回到故乡已经几个月了，我们没有给我们的故乡带来多少荣誉，也没有给亲戚、邻居带来多少贵重的礼物，我们只是从遥远的东方带来他们那里先进的文明和知识……"

临街的每一条小巷和每一条小河、河上的小桥，都挤满了人，密密麻麻的，好像每年圣诞节前的平安夜。整座威尼斯城到处张灯结彩，全城大街小巷都点亮了喜庆的灯盏。

人们纷纷从全城各个小巷簇拥着来到波罗家前面的宽阔一点的街道。大家争先恐后，都希望自己挤到前面来，看看自称从元朝回来的波罗家族带来了多少金银财宝，听听他们讲述一下这二十五年他们都经历了什么……

"马可，你说说你们在遥远的地方有没有什么有趣的经历呢？"

"是啊，要不尼古剌和玛窦总是说他们这次收获满满地回到了故乡威尼斯，你们……你们究竟给故乡威尼斯带回来什么呢？"

"别听他们胡说了，让他们把他们这么多年积攒的金银财宝拿出来，让亲戚朋友和街坊邻居看看……"

"是啊，拿出来吧……"

"……"

大家的呼喊声、叫声响成一片。

"亲戚们、邻居们，大家静一静，让我从哪儿说起呢？"

人们见马可微笑着和大家致意，很快都安静下来。

这时候，波罗家的仆人把一瓶瓶的香槟酒打开，把大家手中的杯子都斟满。马可说："先让我们举起这杯香槟酒，为威尼斯干杯……"

大家端起酒杯，一饮而尽。呐喊声、欢呼声此起彼伏。

接着，尼古剌、玛窦分别以元朝的礼节，再一次把大家手中的酒杯斟满。此时，一段独特的旋律响起，马可在一首悠扬的《祝酒歌》中翩翩起舞。

《祝酒歌》是一首悠扬辽远的草原民歌。

马可唱完了《祝酒歌》之后，尼古剌和玛窦一前一后从家中走出来。

他们先是穿着红色的缎袍走出来，然后，换上深红色的花缎袍子，把之前的红袍子剪成小块，分送给仆人。

酒过三巡之后，他们又去换上了一件红色天鹅绒的长袍出来，将刚才穿过的花袍撕开分送给来宾。

父亲尼古剌和叔叔玛窦给威尼斯的亲戚、朋友尽情地展示完之后，马可也讲了自己这么多年在东方生活、做官的经过。

之后，马可从仆人打开的行李箱中拿出一件破破烂烂的蒙古袍，围观的人群都开始骚动起来："马可，你有什么本事都展示出来，给我们看看……"

马可默默无语，只是象征性地微笑一下。然后，他把元朝大汗给波罗家族特别颁发的金牌展示给威尼斯人看。大家这时候都惊呆了："哇！原来波罗家族这二十五年在元朝做了这么多……"

"这是我们威尼斯人的骄傲……"

紧接着，他们当着来宾的面，拿出刚回到威尼斯时穿的破旧而又厚重的蒙古袍，用刀把衣服划开，大量的红宝石、蓝宝石、翡翠、珍珠纷纷滚落，耀眼夺目……

"哇——这么多珠宝呀？！"

"……"

这时候，整座威尼斯城都欢呼起来，呼喊声、赞美声响彻整个威尼斯夜空。

直到波罗家族拿出从东方带回来的珍宝，大家才相信他们真的是英雄，波罗家族不愧为威尼斯商人。

这天夜晚，整个威尼斯彻夜未眠，人们奔走相告，这座城市沸腾了！

人们渐渐散去之后，尼古剌和玛窦相拥在一起，老泪纵横。他们有多少话，有多少苦要说啊……可是，此刻他们什么都没有说。

马可一个人把家门轻轻带上，把这个空间、这个时刻留给父亲和叔叔，让他们一起回味自己的人生，回忆自己的过去。

马可一个人行走在威尼斯的夜色中，任凭晚风轻抚自己的头发。他想起自己在东方忽必烈大汗的国度里的岁月，那些属于他的青春都到哪里去了？难道它们都一去不复返了吗？

"不！我要珍惜岁月给我的每一次选择，我还要再为我的故乡威尼斯作出我的贡献……"

生命虽然对每个人都很公平，可是，马可要把他四十二岁的人生当成二十四岁！

经过一段时间的沟通和交流，波罗家族的亲戚终于明白：原来，马可·波罗一家三人不但没有死，而且还发了财。他们讲述的故事不是天方夜谭，他们经过自己这么多年的打拼，才会有今天的衣锦还乡。

亲戚和朋友常常来到马可·波罗家，和他们品茶，听他们讲述东方的各种有趣的故事。

波罗一家三人常常看着满座亲朋的惊讶之色，露出了满意的笑容。

威尼斯人都把波罗家族的住宅称为"百万宅",把马可·波罗称为"百万君"。

马可在威尼斯刚刚安定下来,他的祖国就面临着一场战争!

《马可·波罗游记》诞生

人们常说:人类的终极目的是天下大同,人类的共同理想是天下太平。当时的威尼斯并不太平。

1298年,威尼斯与热那亚爆发战争。当时,欧洲强国之一的热那亚集结强大兵力开始在近海对威尼斯进行埋伏。

热那亚新任海军司令巴·多里亚指挥八十八艘战舰,凭借独特的地理优势和有利地形,顺利到达威尼斯温暖水域,企图通过守株待兔的战术,诱骗威尼斯舰队进入他们的伏击圈。

但是,威尼斯人并没有上当,在没有办法的情况下,热那亚人只好偷袭威尼斯军舰。僵持一段时间之后,海军司令多里亚终于按捺不住,开始指挥舰队进入威尼斯湾。

第二年的秋天,天气异常闷热。威尼斯皇家海军司令丹多洛亲自指挥一支由九十六艘战舰组成的舰队突然出现在浓雾中。

威尼斯舰队中就有三年前刚从东方归来的马可·波罗指挥的一艘战舰。这时候,已经四十五岁的马可是这次海战中年龄最大的一位参战者，也是一名阅历丰富的水手。

在围攻过程中，马可这位从十七岁就开始周游世界的旅行者，信心满满，泰然自若。

丹多洛亲自率领威尼斯士兵偷偷绕道库尔佐拉岛背后，下令士兵隐蔽起来。

热那亚统帅多里亚在获得情报后，估算出了威尼斯舰队的规模。最后得出结论，威尼斯之所以迟迟不战，是因为担心自己根本不可能战胜强大的热那亚舰队。

第二天，威尼斯舰队绕过库尔佐拉岛，直接逼近热那亚舰队。

双方舰队很快就进入了胶着的海战状态。在胶着战斗中，多里亚的儿子战死，但是，他从大局考虑，主动把儿子尸体投进大海。

他说："这是我儿子最好的归宿，因为他是为祖国而战死的，死得光荣。"

这样，威尼斯舰队借助有利的风势，在丹多洛的指挥下，很快就扭转了战局。威尼斯舰队先后俘获热那亚十多艘舰船。

但是，在之后近五十个小时的海战中，热那亚人共俘获八十多艘威尼斯战船，八千名威尼斯战俘。

威尼斯当时也不过十万人，在与热那亚长达十年的战争中，受到沉重打击，几乎举国青壮年都被热那亚俘虏。威尼斯海战将军丹多洛战败后，头撞战舰桅杆，壮烈殉国。

这场海战中，热那亚人大获全胜。数千名战俘中，就有马可·波罗。

热那亚把这数千名威尼斯战俘全部押往热那亚。马可·波罗那艘战舰被拖进了热那亚的深水港。

马可一上岸，就和其他士兵一样，被关进了监牢。

热那亚关押战俘的监狱非常大。热那亚人还在每一所监狱前放置了雄狮石雕。这些石雕狮子完全按威尼斯城石头狮子的标准雕刻。

当时在威尼斯狮子是权力的象征，这实际上就等于热那亚向全世界宣告：热那亚征服了威尼斯！

数千威尼斯战俘感到民族的尊严受到践踏，他们的心在流血，他们的精神受到极大的打击。

像马可·波罗这样的超级战俘，一般都关在相对来说条件比较好的监牢。

尽管身为威尼斯战舰舰长的马可·波罗被俘，但是，他并没有感到前途渺茫，他在热那亚监狱中仍受到大家的尊重。

马可有着多年的旅行经历，这些都成了他人生的宝贵财富。他常常给大家讲述东方见闻，这使得他在热那亚监狱里成了名人。

其实，早在马可·波罗被俘前，他和父亲、叔叔的旅行，就已经妇孺皆知。他凭借着在东方生活的经历，设法迎合周围人的猎奇心理，很快就赢得了周围人的关注。热那亚人也给了马可非常好的待遇。

那个时候，马可非常受热那亚人欢迎。热那亚人常常争先恐后来监狱中探望马可·波罗。大家都希望有机会听马可讲东方见闻。大家没有把他当成战俘，而是把他看成是一位履历丰富的绅士，所以，还经常有人给他送来各种生活用品……

马可几乎每天都在讲述他在东方的故事，他热衷于讲述元朝大汗忽必烈的故事。

"马可·波罗，你为什么不把这些故事写下来呢?"

"好，等我有了机会和时间，我一定把我在东方生活的所有经历都写下来，写成一本书，让更多的欧洲人了解东方……"

马可每天在监狱里的一项很重要的任务就是不断地给监狱中的狱警和被俘的威尼斯士兵讲述他在旅途中的趣闻和轶事。年复一年，日复一日，马可也感觉乏味、无趣了。

"马可先生! 今天你的监舍里新来了一位战俘，是一位专门撰写亚瑟王传奇故事的作家，叫鲁思梯谦。"热那亚狱警一大早就打开战俘监狱的大门，冲着监狱里的马可·波罗喊道。

马可站起来，礼节性地和鲁思梯谦拥抱了一下，说:"马可·波罗，威尼斯人……"

"威尼斯商人?"鲁思梯谦好奇地问马可。

"算不上是商人，只是一个探险家、旅行家，曾在元朝任职多年……"

这个时候狱警开始在监舍外面巡视监舍，战俘们陆续地开始一天的生活：有洗漱的，有在监狱院子里跑步的，还有清扫监狱卫生的……

马可帮助新来的战俘鲁思梯谦把简单的行李铺好，鲁思梯谦冲马可微笑着致谢。

"这里的监狱长和狱警都喜欢听我给他们讲述东方大汗忽必烈的故事……比如那里的石头会燃烧，那里有一望无际的大草原，还有那神奇的东方丝绸和盐，还有好多好多有趣的传奇故事。"马可一说起生活了多年的元朝，就像刚刚打开闸门的河水，滔滔不绝。

鲁思梯谦两只眼睛霎时放光，惊讶地说："今后的日子，我要倾听马可先生讲故事。"

接下来，鲁思梯谦一边整理自己的床铺，一边把一捆稻草铺在自己的铺位上。

原来，鲁思梯谦是一位擅长写传奇故事的作家，因为传奇故事写得好，深受当时爱德华一世的赏识。

不幸的是，他在1284年8月6日的海战中被俘，做了热那亚人的俘虏。他说，在这场海战中比萨海军将士几乎全军覆没。没有战死的士兵也大部分都被俘虏，押解到热那亚，进了监狱。

"马可先生，东方一定有许许多多神秘的故事吧?"

"是的，鲁思梯谦先生。遥远的东方，不仅仅有许许多多神秘的故事，还有许许多多稀奇古怪的人和事儿……"

"听说，忽必烈大汗非常残暴，杀人不眨眼，是这样吗?"

"那只是西方人的传说。其实，忽必烈大汗是一位非常有担当、有责任感，讲究朋友之情的大汗……"

当时，在欧洲人的心目中，忽必烈似乎是一个杀人不眨眼的魔鬼。忽必烈是一位具有传奇色彩的人物。传说，他用铁腕牢牢地控制着蒙古帝国，行为诡秘、野蛮，征战欧亚广阔的平原时，骑着高高的战马，手举战刀，杀人仿佛秋风扫落叶般。

鲁思梯谦感觉面前这个马可·波罗是一个不一般的人物，他不仅在遥远的地方生活了那么多年，而且还见过大汗忽必烈本人并且成了好朋友，还在元朝任职。他不仅走遍了元朝的广阔疆域，还走遍了东方各国……

"鲁思梯谦，你要愿意听，我可以每天晚上都给你讲一个我在东方这么多年亲身经历过的故事。"

"好啊，这是我求之不得的，辛苦你，马可·波罗先生。"

马可说到做到，每当夜深人静的时候，鲁思梯谦就毕恭毕敬地坐在马可的面前，洗耳恭听马可的讲述。那些故事听起来是那样的生动、有趣，是那样富有传奇性。

鲁思梯谦最擅长的就是创作和记录、整理那些关于历险的故事或战争题材的故事。

他听了住在同一个监舍的马可·波罗讲述的自己历险的故事，已经预料到这些故事会有很高的价值。

"马可，我想和你合作，我们共同创作一部伟大的游记，就叫《马可·波罗游记》。我相信这本书能流传千百年……"

"谢谢你，鲁思梯谦，我们先不管千百年以后，只要现在能给在热那亚监狱里苦苦煎熬的将士们一点乐趣就心满意足了。"

"是的，马可先生。我想我们从今天开始再也不会无所事事了。我们应该尽早、尽快地写下来，献给我们狱中的将士，献给威尼斯人民，献给世界。"

"好!"

于是，马可给远在威尼斯的父亲尼古剌捎信过去，请父亲送过来一些笔和纸。他在信中对叔叔说："玛窦叔叔，我们要在狱中开始一项伟大的创作了。我有一个理想的搭档，他是一位叫鲁思梯谦的作家。我们要一起写一本游记，这本游记的名字就叫《马可·波罗游记》。"

丝路奇侠

"好啊，马可! 希望你在有限的时间里，能够实现自己的愿望。加油啊，你是波罗家族的骄傲，相信你，也会成为威尼斯的骄傲! 但愿数百年、数千年后，你就会成为全世界的骄傲……"叔叔玛窦不但给马可寄来了写作用的纸张和笔墨，还给他写来一封热情洋溢、催人奋进的信。

马可从来也没有像现在这样心中充满了自信和希望，曙光就在眼前。想着想着，他的脸上露出了灿烂的笑容。

当夜幕降临的时候，热那亚监狱中的烛光就亮了起来。不大的监舍内，一张简陋的桌子，两把不算太高的小凳子，马可和鲁思梯谦面对面坐在凳子上。

马可讲述他的经历和故事，他的语言表达能力不次于那些辞藻华丽的寓言家，处处都闪耀着智慧的光芒。他常常充满激情地沉浸在对往昔的回忆中。

"马可先生，通过你的讲述，可以看出你的记忆力很好，语言表达能力很强，但是，我提醒你在讲述中不要夸大其词，情绪不要太激动，好吗?"

"鲁思梯谦先生，你要看到我的优点，我很少重复自己的话，而且还能清楚地讲述自己几十年前曾经经历的事……"

马可和鲁思梯谦仿佛是一对冤家。他们在漫漫长夜中常常因为一个故事、一个观点，碰撞出激烈的火花。

有着出色理解能力和非凡记忆力的马可，凭借着自己所做的笔记，轻轻松松地完成了每一个故事的讲述。

马可充满激情的讲述仿佛把鲁思梯谦也带入了几十年前，波罗家族三人远征东方的旅途。

马可在热那亚服刑期间，留在威尼斯的父亲尼古剌和叔叔玛窦一直为他的安全担心。他们通过各种关系，想方设法把马可从热那亚的监狱中用钱赎回来。可是，他们并不知道马可其实在狱中和其他战俘不一样，正享受着优待。直到收到马可的信，他们才知道马可正和作家鲁思梯谦合作创作着一部伟大的游记。

父亲尼古剌对弟弟玛窦说："马可都这么大岁数了，我们要给他娶一个妻子，给他举办一场体面的婚礼，等将来他们好继承我们家族的财产。"

"好吧，我们先为马可张罗婚事，等他回来我们就为他举办婚礼……"

……

这一天终于到来了，热那亚和威尼斯达成了和平协议，结束了彼此的敌对状态。

三个月之后，马可和他在狱中的合作者鲁思梯谦被热那亚监狱释放。出狱后时间不长，他们就完成了《马可·波罗游记》一书的写作，合作者鲁思梯谦也回到了自己的故乡继续他的写作事业。

马可出狱后回到威尼斯，接管了波罗家族。家人给他寻觅到了一个女子，为他定下了婚约。

马可的未婚妻多娜塔，是一名威尼斯商人的女儿。按照威尼斯习俗，婚礼后第八天新娘要回娘家。这一天，娘家为他们举办了盛大的宴会。

马可婚后，开始了传统的威尼斯生活。在婚后数年里，他们生下了三个女儿，马可还给三个女儿分别起了名字：凡蒂娜、贝莱拉和莫蕾娜。

后来，父亲尼古剌因病去世，叔叔玛窦继续做自己的生意。

马可无论走到哪里，都会带着自己游记的手稿。他走到哪里，就给人们讲述到哪里。有时候，他一高兴，就会把自己的手稿赠送给当地的图书馆或者和他关系很好的贵族。他总是希望能够找到一个能读懂自己的知己，把这些经历留给后人。

马可到了修道院，也会把自己的手稿留在修道院，他总是希望突然出现一位有缘人，能够对他的书稿感兴趣，让自己的心血能够永久保存下来。

马可还把自己的手稿写上自己的名字，赠给了法国中北部一个小镇的一位郡主。

1310年2月6日，马可的叔叔玛窦去世，因为他没有子女，便把自己的那份财产都留给了马可。叔叔的遗产，加上父亲留下的财产，马可成为波罗家族中财富最多的人。但是，财产的增多并没有给马可带来快乐。他开始因为家族中的各种纠纷和亲戚、朋友打官司。

不管什么纠纷，马可都要把他们告上法庭。

他曾因为要求同乡保罗返还帮他出售一磅半麝香所得的一份佣金把保罗告上法庭。

保罗在出售麝香的过程中，偷偷截留了一小部分麝香。细心的马可在称重的时候发现保罗动了手脚，比原来少了六分之一盎司。马可在法庭上思路清晰，口才出众。他因此在威尼斯声名鹊起，家喻户晓。

远亲近邻都说马可如果当初不去东方探险的话，他肯定会成为一名出色的律师或者辩论家，极有可能成为扬名威尼斯的智者。

六十四岁的马可看到波罗家族人丁兴旺，高兴得手舞足蹈。三个女儿相继出嫁，马可才深感自己的责任重大。经过慎重思考，他决定把小女儿莫蕾娜留在自己身边。

随着时间的流逝，马可也到了古稀之年，他在威尼斯的影响力也日渐减弱。

这时候，马可的著作《马可·波罗游记》得到了一位叫雅各布的修道士的关注。知道了这个消息，已经卧床不起的马可竟然兴奋地坐起来："莫蕾娜，我的女儿！我那本《马可·波罗游记》中记述的故事，还没到我经历的一半呢……"

"父亲，你的书中没有记述到什么呢？是发生在元朝宫廷中的事情？还是去往东方旅途中的趣闻轶事？"

"孩子，这些都不是。我其实还有许许多多对人生的思考没有写到我的书中……"

"……"

虽然请来了威尼斯最好的医生医治，但马可还是要离开这个世界了。他让家人把威尼斯最好的牧师请到家中，公正地留下了他的遗嘱：

"……马可·波罗先生指定他的妻子多娜塔和他的三个女儿为遗产继承人。

但是，他一生唯一一部著作——《马可·波罗游记》——属于全人类！"

其实，马可死后还留下了三件珍贵的物品。一件是当年波罗家族离开元朝的时候，大汗忽必烈给波罗家族颁发的"一路顺风"金牌。另一件是一串儿佛珠。这是年轻的时候，玛利亚送给他的礼物。这串佛珠埋葬了他的青春和爱情。最后一件就是用宝石和珍珠做成的蒙古头饰，这是当年他作为"蓝色侠客"远涉大洋，护送阔阔真公主的时候佩戴的。

这一天是1324年1月8日，威尼斯的太阳就要落下了……

天黑了，月亮悄悄地爬上来。马可·波罗安详地闭上了眼睛……一个伟大的生命走完了他七十年的人生之旅！

踏平一路坎坷，
从威尼斯
再一次重新出发。
一次次历险，
一次次离家；
一次次告别，
一次次牵挂。

你赶着骆驼，
我牵着马。
迎来了东方的日出，
送走威尼斯的晚霞。

跋涉者追寻遥远的东方
那冉冉升起的曙光；
远行者从不停歇，
从没想唯利是图，
从没想富贵荣华。

留下万贯家财，
不如把人生的经历诉说；
抛却一世英名，
把一部好书留下。

旅途漫漫
不忘记撒一粒种子，
多年以后
丝绸之路
会处处是一片繁花！